遇见你，
我期待余生

Githa 著

台海出版社

图书在版编目（CIP）数据

遇见你，我期待余生 /Githa 著 . -- 北京：台海出版社，
2017.9

ISBN 978-7-5168-1545-8

Ⅰ．①遇… Ⅱ．①G… Ⅲ．①散文集－中国－当代
Ⅳ．① I267

中国版本图书馆 CIP 数据核字（2017）第 212740 号

遇见你，我期待余生

著 者：Githa				
责任编辑：姚红梅		装帧设计：	WONDERLAND Book design	
			仙境 QQ:344581934	
版式设计：麦田时光		责任印制：蔡 旭		

出版发行：台海出版社

地 址：北京市东城区景山东街 20 号， 邮政编码：100009

电 话：010 － 64041652（发行，邮购）

传 真：010 － 84045799（总编室）

网 址：www.taimeng.org.cn/thcbs/default.htm

E-mail：thcbs@126.com

经 销：全国各地新华书店

印 刷：北京朝阳印刷厂有限责任公司

本书如有破损、缺页、装订错误，请与本社联系调换

开 本：880×1230		1/32	
字 数：130 千字		印 张：7.75	
版 次：2017 年 10 月第 1 版		印 次：2017 年 10 月第 1 次印刷	
书 号：ISBN 978-7-5168-1545-8			

定 价：38.00 元

序言：遇见你，我期待余生

Hi，你们好，我是Githa，1997年情感天秤女，音乐剧表演专业在校生。

作者，填词人，审稿编辑，自媒体人。

喜欢数字7，喜欢EDC，喜欢一切与生俱来的不安分。

傲娇得很，因家里兄弟姐妹的名字有"贤"字后缀，唯独自己没有，为纪念，自取名王空贤，期待下一次遇见你，你能亲切地喊出我的名字，无论是"Githa"还是"王空贤"。

关于我的笔名这个英文，它来源于盎格鲁－撒克逊语，蕴含着"礼物"和"音乐信仰"之意。因为喜欢一切与艺术有关的东西，所以当然就少不了文字创作与音乐；而对于"礼物"的蕴意，我将它当作是上帝赐给我的一些不完美。

这一路，我带着自己不甘愿认命的那颗心，拼到了现在，那些难以抹去的瑕疵，让我变得更坚强、勇敢。

《遇见你，我期待余生》这个名字看似矫情，却是我想对无数人说出的心声。当我们因为受到挫折而感到失落、感到绝望、感到无力时，我们会因为某个人而看到希望，重拾信心。"遇见你"的这个"你"也许是家人、朋友或者爱人，因为遇见这个人，我开始期待余生的一切，开始感慨这些年所经历的所有。

这世上，总会有一个人把你从晦暗的生活里拉出来，让你的余生不再过得浑浑噩噩，而且充满着期待和惊喜。

我曾是一个带着"怨恨"写字的人，曾因为家人去世而变得不喜欢与人交流，曾因为来到新环境不爱说话被误认为哑巴，也曾屡屡受到指责和怀疑。

所以在这本书里，我记录了自己生性敏感的一面，以及释怀后对世事无常的看法，有时也会傲娇得不得了，吐槽对现状的一些不满，但我始终如一，朝着有光的地方走。其中有一章是我多个日夜里做过的梦，为了不留遗憾，我将这些支离破碎的梦境拼凑成了短篇小说。也因为喜欢数字7，第七章便以一种任性的方式呈现给你们。

也许我的文字里有许多不成熟，但是只要能成为你晦暗日子里的一抹亮色，暖到你心坎儿，就足够了，对吗？

这本书，是我这么多年的风霜雨雪。

这里，也许有你曾经不小心踩碎了的梦。
这里，也许有你曾经选择遗忘的爱情。
这里，也许有你过去有点狰狞的面孔。
这里，也许有你过去蠢蠢欲动的渴望。

爱情曾给你我勇气也曾将你我打击得落魄至极。
友情曾让你我忘怀大笑也曾让你我哭得不能自已。
我们孤僻过、迷茫过、固执过，也爱过。

而那些都将成为过去。人的这一生，可不能只执着于一件事儿，我想激励那些在心里住着一个人的你们，也许你仰慕的人很优秀，这份距离给你许多压迫感，可你千万不要害怕够不着，你要使劲往前迈步走，然后赶上他，再停下脚步梳理好自己的头发，向他挥手问好。

你曾那么不疼惜自己，如今又是为了谁，在余生变得这么拼命这么努力？愿你变得越来越好，在余生追逐的路上去感染更多人，成为激励别人的那个"你"。

谢谢你能来，与我一同不顾大雨倾盆往前奔跑。

我是 Githa，那个最疯狂的人。

Githa

2017 年 4 月 长沙

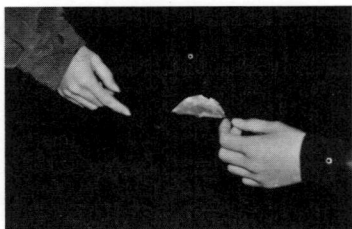

因为你，我变得很拼命很努力。

目　　录
CONTENTS

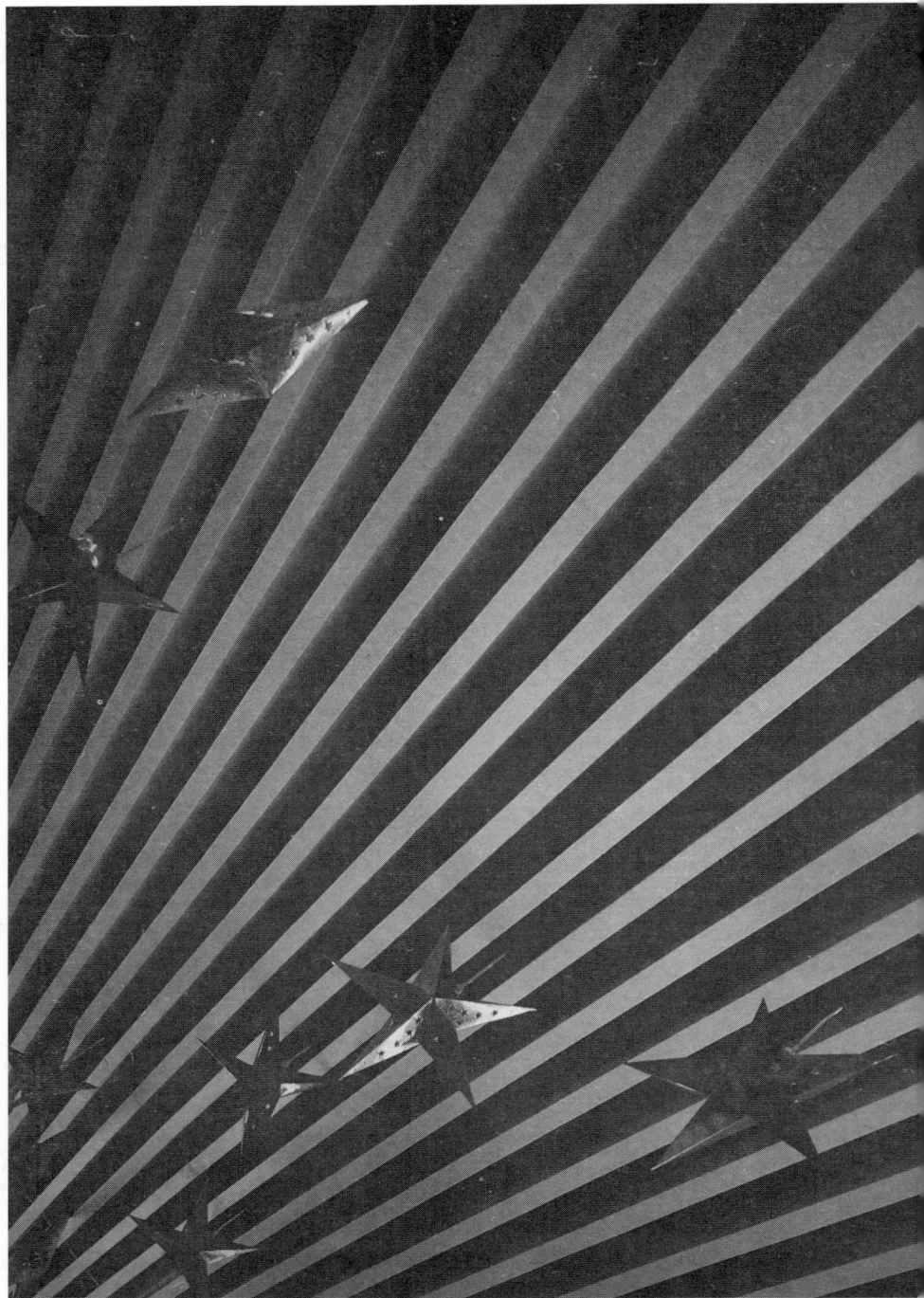

那些曾经想要歇斯底里表达出来的爱，
早已深埋于心。

Chapter 1：心是一座岛

你说我的心已上了锁，怎么敲也敲不开。

－我就喜欢一个人
－厌倦了每次都是我主动打招呼
－不要因为时间而忘了我

我就喜欢一个人

"一个人也许看起来孤独，可我们不寂寞。"

一个人的酷。

小时候我是留守儿童，四五年级时家人就经常不在家，每到暑假，一个人搭长途客车四处跑，也没想过会被拐走。

现在长大了，形成了比较独立的性格，一个人，也许会很宅，周末不想做饭时，一天点三份外卖不出门。

一个人没什么不好，不受过多干扰，可以做很多自己喜欢的事情，一个人也不寂寞，因为我们的心是满腔热血的啊。

许多人认为一个人是很孤独的，有种不合群的怪癖，或者是被孤立了才一个人孤零零的。真是大错特错，没发现吗，一个人其实挺酷的。

校园里，我总看到许多独来独往的人，有的一大早往图书馆跑，有的穿着一身练功服赶往舞蹈教室，还有背着乐器的同学嘴里还咬着没吃完的面包。

独来独往的人群中，也有我的身影。

因为想看见更好的自己，我们一个人努力，只是想要成就一番模样。

所以，一个人真的挺酷。

一个人的方便。

硬要说一个人很孤独的话，我想用这段话反驳："现在孤独是一个艺术家的宝藏，那些片面理解孤独的人只会葬送了自己，有的人成了艺术家，而有的人却成了笑话。"

我们不葬送自己，也不甘愿成为笑话，我们只是图个方便而已。

高中时我利用稿费在校外租了套小房子，喜欢这份安静，早上起得早就运动一会儿，完全不用担心影响同学，要去哪里也不用等这个等那个，有更充足的时间安排行程。

也并不是没有朋友，在街上遇到朋友也会打招呼，顺便澄清一下："亲爱的，我只是喜欢一个人生活，并不是一只内向、离群的麋鹿。"

遇上聚餐时，总不能一个人端着小板凳坐旁边吧，喜欢一个人生活，不代表我们不爱交流啊。

一个人的自己。

我特别喜欢冬天，尤其是下雪的时候，雪花落在大衣上，一个人望着天空，感受神的存在，欣赏雪花的冷艳，既不失优雅，也不缺高贵。

我喜欢一个人仰望天空、独自面对上帝的感觉，仿佛他是我的朋友，这种独特神秘的交流，只有一个人时才会有。

控制情绪时，最好的办法是一个人冷静，遇到不开心的事儿，我不喜欢别人来安慰，而更习惯一个人待着，自己慢慢想，想明白了，就过去了。

因为受委屈的是自己，没有人比自己更了解自己。若朋友来安慰我，我肯定会哭得更慌。如同亲人去世后那句"节哀顺变"，只会更残忍地提醒我，那个至亲的人真的去了。

没有任何安慰强过自己一个人静下心什么都不想。

一个人的爱情。

单身，也是一个人，也许有时会觉得感伤，没人陪，没人做些感动的事让你热泪盈眶一番，可一个人也有独特的光。

人们都说谈恋爱好，可以辨认自己是简单的喜欢，还是忍住欲望后沉甸甸的爱。

那么我告诉你，单身一人，不管香烟还是火柴，静静等待，该来的总会来。

我最烦那种自己谈恋爱了就巴不得全世界的人都要跟她一样去谈恋爱，不然就整天在你耳边唠叨："什么？你竟然是一个人？！"

我不是一个人，难道还会变成一条狗吗？不要觉得别人一个人会很孤独，出门都成群结队才好，总要找个恋爱谈谈，我偏偏就喜欢一个人，怎么了？

一个人的生活。

一个人，也可以独自生活，终身不娶不嫁，酷酷地过完一辈子。

英国伟大的科学家牛顿，一生几乎没有亲近过女色，一个人走完伟大的一生。德国哲学家康德，没有妻子，没有儿女，直到生命的花儿萎谢。

终身不娶不嫁的例子多了，他们有模有样地酷完了一生。

朱莉是我前任编辑，奔三的年纪还没有男朋友，逢年过节，她不喜欢回家，逃不过亲戚朋友的催婚，她总是一双白眼翻到天花板上："这种事情急不来呀，老娘我都已经嫁给工作了，怎么可能那么快跟工作离婚，现在多少不婚主义者啊，以前伊丽莎白一世，那是英国女王啊，用她的一生换来大英帝国的崛起呢。"

碰到这种强悍的回应，真是无言以对，其实我也知道，朱莉压根没打算结婚，她是一个彻头彻尾的不婚主义者。

我们喜欢一个人，习惯一个人，也爱这份独来独往时一个人的气息。一个人没什么不好，我就喜欢一个人。

厌倦了每次都是我主动打招呼

朋友啊，下次见到我，一定要叫我。

我走路向来喜欢直视前方，旁边一堆人走过我也不会多留意一眼，不太喜欢与陌生人对视。

自从遇到阿 Y，这个习惯竟因他而改变了。

是啊，凡事总有例外。

阿 Y 是我最近认识的一位同学，因他非常像我一位朋友而结识。我们在课余时间聊过专业上的问题，他也非常信任我，什么都愿意跟我说，包括自己纠结过和懊恼过的某些决定。

虽然我们偶尔聊天，但阿Y给我的感觉还是比较陌生，印象中，他似乎没有跟我主动打过招呼，每次都是我主动。

有一回，上完台词课后，我在收拾小条本，Br在一旁拼命喊我，我应了一声，看着教室里的镜子，整理了一下自己的衣服才走过去。

Br杵在门口看着我，用眼神示意了一下右边，我没懂，这才听见他说了句："阿Y来了。"

话音刚落，阿Y出现在门口，他是要来这个教室上课吧，为了掩盖刚刚Br口中说了他名字的尴尬，我看着阿Y傻笑，挥着手说了句"嗨"。

打完招呼觉得自己更蠢了，我连忙走出教室。

这是互加微信后第一次碰见阿Y，也是第一次跟阿Y打招呼。

上周一，上完舞蹈课，我穿好外套低头走出教室，走到门口时看到眼前的一双腿酷似阿Y的，我下意识地抬头，此时此刻，与阿Y对视了。

我又一次挥手打招呼，随即又感觉自己有点犯傻，心想，自己好尻啊。

阿Y朝我笑了笑，喊了我的名字。

而我心里一堆说不出来的情绪排山倒海，天啊，阿 Y 又接着我班级的课表上下一节课，可我满脑子想着自己上完舞蹈课好丑。

虽然我们是同时看到对方的，但又是我先说的话。

嗯，这是第二次跟阿 Y 打招呼。

前天上完舞蹈课走出学校，路过两三群男生，Br 问我："怎么阿 Y 没有跟你打招呼？"

我条件反射地看了看周围，试图找到阿 Y 的身影，我追问："阿 Y 在哪里？"

Br 这才告诉我，刚刚阿 Y 在我们上完课的舞蹈教室里。

我说："我没有看到他。"

莫名地有点不开心，是他没有看见我，还是我不主动打招呼他就不管我了？细想，好像阿 Y 还在公众号里给我留过言呢。

我理了一下情绪，心想，也许在网络上聊得很好的朋友，在生活中不太一样吧。

我曾追问过自己，好朋友之间，是不是不要太计较。

可我不太确定，我跟阿 Y 是好朋友吗？甚至，我们已经是朋友了吗？那么，既然是朋友，为何要视而不见？

不知你身边有没有阿 Y 这样的例子，你们认识，在网络上聊得很起劲儿，见面却没有打招呼。

厌倦了每次都是我主动打招呼，我生怕自己是不是做错了什么，让你悄无声息地走过，连看都不看一眼。

朋友啊，下次见到我，一定要叫我。

不要因为时间而忘了我

不要因为时间而忘了我，不管发生什么事，都要记得我。

时间会给人最好的治愈，让人忘掉悲伤，忘掉一切一切疼过的地方，可时间也有残忍的时候。

2011年9月，时间带走了我最亲爱的爷爷。

那段时间，我抑郁，每天浑浑噩噩，做什么事都力不从心，文章开始走灰暗风，把所有的遗憾和不满都发泄在文章里面，文字成了我唯一的救赎。

没开公众号之前，我的文章都是偏灰暗的，有多虐写多虐，要多惨写多惨，那些爱得死去活来的男男女女，最后却没有在一起，然后再来点儿家破人亡这种故事我最拿手了，那时的读者也只够拼几张麻将桌，他们总说我太狠了。

不想成全任何人，连故事里的人物都不放过，不能容忍他们过得太幸福，骨子里似乎没有乐观的颗粒。

那时的我，也许是被伤得太深，不能接受突如其来的打击，索性让自己变狠心。

爷爷一直都很疼我，印象最深的是在广州读幼儿园时，学校不允许一个人回家，即使你识路，也不例外。我总被安排在教室里写作业，等妈妈来接。有一回，隐约听见老师在对一位家长说话，说他找错地儿了。

在写作业的我猛然间听到熟悉的声音，这位说着一口流利粤语的家长是我爷爷，他才没找错地儿呢。我又惊又喜，冲过去大喊："老师，这是我爷爷！"

自那次后，爷爷总来接我，怕我一个人等急了，路上还给我买许多好吃的。

在我记忆深处，有关爷爷最清晰的画面是：他低头看着小孙女，笑得比她还高兴，一排烂得差不多的牙齿都露了出来。

而我，就是爷爷的小孙女。

前段时间某位艺人去世，得知消息时我心里的难过排山倒海一般，许多朋友纷纷表示难以置信，我也一样，真的，难以置信。

起初知道他是因为电视剧《我的经济适用男》，剧里演的姐弟恋很触心，随手"扫盲"了一下这位艺人，歌手出道，一脸坏笑的帅气，让人过目难忘。

自那以后没有过多关注，但打心底觉得这男孩儿还不错，最重要的一点是笑容，可以给高分。

那天下午，搜他的歌听，每一首歌的评论都是999+，每条评论都在悼念他，都在喊他起来，叫他出来辟谣，我循环播放他的一首叫《强迫症》的歌，因为歌词太刺心。

那十几分钟的单曲循环里，我把歌词背熟了，还给自己找小借口：也许是因为这首歌不长，比较简短。

晚上去学校开班会，祯跟我说："我到现在都不相信他走了，我现在在听他的歌。"

我："我也是。"

我多么高兴，此时也有人跟我一样，在听他的歌，只因深有感触，正为这个阳光男孩儿感到惋惜。

有些人不管变成什么样，都会有人记得，我莫名地害怕起来，那我呢？

我突然想起在歌曲《童话》的MV（音乐电视）里，光良慌张地抱着自己的女朋友，那个在马路上喊车的场景让我哭得稀里哗啦，她的血在一滴滴地流，沉重地滴落到地上。

伴随鲜血滴落，她问了句："你会忘记我吗？"

MV最后，她在病房里听着光良的现场弹唱，闭上了眼睛。

更打动我的是，光良在现实生活中确实有个生病的女朋友，一次颁奖典礼他没有到现场，因为他执意守在病房里，照顾自己的女朋友。

我不甘愿被遗忘，也害怕被遗忘。

不禁想起小学时喜欢看台湾偶像剧，《我的淘气王子》里，阿猛得了病，因害怕死后被遗忘，一大早起来把好朋友的小绵羊拆了，一个人拿着工具杆在那自言自语："我只是不想被遗忘。"

我们都有害怕被遗忘的时候，人总要经历生老病死，当你爱过的人和疼过你的人都纷纷离去，感觉就像全世界都抛弃了你。

老天总喜欢捉弄人，拨开一层层云雾后露出太阳，转眼又大雨倾盆。趁我们都还好好的，还没被残忍的岁月带走，也趁我们还会疼还会笑，该找个时间好好聊聊。

不管发生什么事，我们都抹不掉曾经的爱意，那么，就让它留着吧，不要抹掉。

就当我在哀求你，请不要抹掉。

不要因为时间而忘了我，不管发生什么事，都要记得我。

Chapter 2：开始于心，终结于你

爱人是那个杀千刀的人，你却甘愿栽他手。

– 比起 37 度的你，我更爱 37.1 度的自己

– 你介入我的生活，还怪我把你当备胎

– 我爱过"烂人"，可惜没能让他爱上我

– 昨天表完白后，今天他交了新女朋友

– 想成为伴你左右的人，却丢了我六年的青春

– 喜欢你时你是宝，不喜欢你时你是草

– 暗恋，让你学会了处心积虑

– 占有欲强的人，会成为爱情里的刽子手

– 如果你不来，一定要跟我说

– 秀恩爱不是衡量单身的标准

比起 37 度的你，我更爱 37.1 度的自己

人都是自私的，比起爱别人，往往还是多爱自己一分。

今天，是我离开你的第七个月零七天，过几天就是你的生日了，真可恶，我竟然还记得这么清楚。

我们分手的原因是，你说我只会写稿子，过于专注自己的事儿，不花时间陪你，太自私。

可笑的是，分开以后，我还是很忙，日复一日，还是自私。

不一样的是，我现在明白了，不是我自私，而是你不够理解我。

很抱歉，即使现在每天都很忙很忙，专业课也有很大压力，

我还是没能忘掉你，还是时不时因为别人的一句话、一个举动就联想到你，然后一个人该死地红了眼眶。

我觉得，是时候彻彻底底独钟自己一番了。毕竟，最了解我的人是我自己，其他人，谈什么理解、包容和爱呢？

很高兴，我终于舍得怜惜自己多一些了。也许我真的不适合谈恋爱，因为比起爱你，我更心疼自己，心疼自己为什么每次都因为区区一个你，那么难过。

当年我穿着一件单薄的白色外套，两手抄着口袋，站在你身后，低着头。

你往前走，我喊了你，你简单地回头望了我一眼，让我产生错觉，便迎上前，从后面环抱住你。

而你，扳开了我的手，话都没有说一句。

这两年，我过得很卑微，做事小心翼翼，生怕动不动就联想到你，然后一个人傻愣。

在"想起你"这件事情上，上帝似乎下足了工夫，无论我走到哪儿，眼前都是你的影子。

我想忘了你，就像当年你推开我那样不留余地，但这似乎很不容易。

过得好吗？好久不见，想问问你，找到一个不自私的人相爱了吗？

昨晚跟 Br 躺在床上，看着天花板聊了很久，我说，我现在还没找到那种爱一个人爱到为他去死的感觉。

Br 沉默了，没有说话。

我继续唠叨着，之前看过一题关于《釜山行》的投票选项："如果你爱的人被感染了，也成丧尸了，你会怎么做？"文中给出了七个选项，我选了最有意思的一个："来吧，最后一次被你咬了。"

是的，这个选项有点儿虚伪。

我很清楚，自己不是为了虚伪而敷衍，的的确确，当时就是这么想的。

朋友阿舟也选了这项，可最近，当阿舟深陷两难、要做抉择之际，我突然发现，她并没有当初做选择题时那么坦荡。

确实，只有身在其中时，才能真的明白，自己心底最深处的意愿。

阿舟是一名微博粉丝一百多万的自由撰稿人，最近还任职了一部戏的编剧，事业型的她，多多少少会因工作忽略男朋友，她的经历跟我很像。

今天，阿舟跟男朋友吵了一架，因为他问她最近那么冷淡是不是移情别恋了。阿舟解释说，最近真的特别忙，希望他理解。不料他用一句鸡汤回应："爱你的人，再忙也会对你有空。"

阿舟要崩溃了，回应说："你记得我是你女朋友就好了，我没有移情别恋，别总用这种质问的语气。"

他大发雷霆，说她太自私，完全没考虑对方的感受。

阿舟难过地问我："我是不是真的好自私，他是我男朋友，我却因为工作忽略了他。"

我摇摇头，干了一碗毒鸡汤："那是他不理解你，你遇到优秀的人多了去了，没跟他分手他应该知足，你没离开他就是因为心里还有他，他怎能那么贪心要你时时刻刻陪他谈天说地啊。"

也许有人会觉得，女朋友就应该多陪陪自己男朋友，而不是整天工作！工作！工作！

可我不工作，难道等你挣钱养我吗？

凭什么我们不能爱自己多一些，凭什么我们不能好好专心做自己的事。

　　我想说，实在不行就一个人好好潇洒一回，分了就分了，难过什么，我就是不会爱人怎么了？

　　人都是自私的，比起爱别人，往往还是多爱自己一分。
　　抱歉，也许我真的不会爱人，因为我更爱自己，那个 37.1 度的自己。

你介入我的生活，还怪我把你当备胎

晚安，愿那位介入你生活的人，就是你爱的人。

有些人就是这么奇怪，喜欢别人，便一厢情愿对别人好，介入别人的生活，大显自己的神通，还受不了对方接受其他人一丁点儿帮助。

可事实上，他们的关系只不过是普通朋友，与友情之上毫不沾边。

丸子是杂志社里的策划编辑，一个刚毕业的实习生。刚进公司不久，成绩倒不错，当然，这也少不了同事阿宁的帮助。一开始，丸子是拒绝的，但是细想，帮几次应该没关系，自己是新人，熟能生巧后就把这几次帮助补回去，毕竟大家以后会是朝夕相处的同事。

可阿宁却不是这么想，他一心觉得自己帮助了这位新来的实习生，就要得到更高的回报，而不是帮忙做回几个策划而已。他希望借此让丸子做他的女朋友，于是在一天接近下班时，阿宁邀请丸子吃饭。丸子想都没想就拒绝了，说阿宁已经帮助自己很多了，要请吃饭也是自己请。

不料这话却接上了，阿宁说："那你今晚请我吃饭吧。"

这顿饭让阿宁有了错觉，他一心觉得丸子也是对他有意思的，就继续对她好，也过了度。看到有其他男同事帮助丸子或是与丸子走得比较近，便大发雷霆。甚至当着全公司人骂丸子有大把男人捧着，还好意思让自己当狗。

一般听闻这种故事，也许大家会觉得她肯定是一个欲擒故纵的高手，可恰好相反，丸子是一个特别乖的姑娘，她的的确确不是一个能应付场面的人，这一番指责让她委屈极了，第二天便赖在床上翘班不去了，嚷着对我说："我要换工作！"

我很讨厌那些介入别人生活的人，一脸茫然地觉得自己被别人当备胎使了，却没有思考过自己突破天际的厚颜无耻。

一厢情愿犯傻，莫名其妙犯贱，最后竟然还有理由摆出一副咄咄逼人的嘴脸，我只想说，滚！

丸子的经历让我想起去年发生在我身上的一件事情。因为某位作者的诗集要谈合作，我认识了一位插画师。我一直都觉得插画师是这世上最擅长暗藏谜底的人，他们喜欢押韵的东西，习惯性地在一幅画里做点埋伏，读懂的人才知道里面诉说了什么。我认识的那位插画师就有这种高能，可惜他的高能都被自己的极端毁掉了。

因为合作，我们经常有联系，不过都是在作者的公司里聊合作上的事情，一起吃过两顿饭，各请一次互不相欠。在相处一个多月后，他叫我做她女朋友，我一时不知所措，便告诉他，自己有喜欢的人。

自那以后，他开始用自己所谓的高能恶心我，交给作者的画里都暗藏杀机。

我的右侧脸上有一条渗有墨水的小伤痕，是 5 岁时留下的，他利用这一点来做线索，画里的女人脸上也有伤痕，还给画里的女人铺垫了许多坏角色特征。

有一天晚上，他用自己的插画发朋友圈，画里有一只猴子和女人的右脸特写，他配文字："你终究是备胎，被坏女人当猴耍。"

后来我才知道，作者不知何故没有用他的作品，换了别人。

遇到这种高能的变态真是太可怕了，他丢了合作也是咎由自取。介入我的生活，竟然还一副咄咄逼人的样子。

可这世上却少不了一些这种人。

前段时间有个男生追我的朋友林浑心。那个男生跟我一样也是做自媒体的，据说，他与林浑心认识了一年多，这一年多里，他对林浑心是百般照顾，原因是，林浑心与自己的对象是异地恋。

明知道林浑心有男朋友，口口声声说没关系："我只要看到你幸福就够了，我只是想帮助你。"还偶尔自言自语说甘愿做备胎，傻傻地对别人好，以为林浑心会被感动，不料，偷鸡不成蚀把米，到真正忍受不了的时候竟然也发起脾气破门而出。

这种人最喜欢乘虚而入，还选时机得寸进尺。

有一个晚上，林浑心的钱包丢了，他说自己有钱，愿意借给她。大晚上的银行也关门了，她手头的资料要复印，第二天早上要上交，林浑心就借了这男的一百块钱，第二天补完卡取了钱立刻就还给他了。这时，男的说："你就真的不能考虑一下我吗？你不觉得每次你遇到困难我都帮助你吗？你男朋友都不在，不觉得他挺多余的吗？"

这三个问题让林浑心气极了，丢给他两百块钱，说那是利息，别再烦她了。这是我第一次见林浑心这么生气，因为她已经看清，这种人不需要理会。之前那男的还说不在一起就当朋友呢，原来是喜欢利用帮助作为借口挖墙脚，真好笑。

因为林浑心的决绝，他怒了，写了一篇文章骂林浑心，虽然没有指名道姓，但也清楚明了，这人品也是见着了。偷鸡不成蚀把米后胡乱骂，介入别人的生活还死皮赖脸的，你是强力胶吗？

我不喜欢跟别人纠缠不清，所以我建议：在察觉有所误会时，早早回应是最好的选择，既可以避免那些性格比较极端的人误会，也可以让两人关系的尴尬指数降到最低。

晚安，愿那位介入你生活的人，就是你爱的人。

我爱过"烂人"，可惜没能让他爱上我

想问，你爱过"烂人"吗？

懵懂的年纪，每个人都天真地以为，经常跟自己聊天聊到彻夜不眠的人就是守护天使，总觉得这人会待你万般好，觉得有个人听你细说一二非常棒。最后才知道，自己不过是他无聊时的消遣罢了，不甘的是，这人竟然让你依赖成瘾。

他与你彻夜不眠地聊天，让你产生错觉，你却不知道，其他女生让他疯狂到废寝忘食。

你情窦初开的年纪爱过的这个"烂人"，抽烟、喝酒、彻夜玩游戏什么都干了，你却像傻子一样坚信他会改，说他也有优点。

他的"优点"就是喜欢玩欲擒故纵，跟你提分手提得越来越上瘾，每天将"咱俩不合适"挂在嘴边，让你的心七上八下的，自责是不是真的做错了什么。

你明明跟他在一起了，他却从不对外公开，搞得好像是你自己死皮赖脸扑过去的，两人就像是暧昧期间的纠缠玩偶。

最后有人骂你说，你爱的这个人很烂，渣到不行，他根本不爱你，你却推开对方嫌他多管闲事。

终于，你们还是分了手，你却仍然不死心，心想着他只是欲擒故纵，一定会来找回自己的。

可惜，这番自以为是足够让自己笑到白头。于是你拉下脸去找他，心想着挽回些什么，自欺欺人地告诉自己你们还可以继续走下去，嘴里还喃喃念着相信爱情的傻话，最后你还是被无情地推开了——这个人，根本不爱你。

你一个人抓着手里的来回车票，睁大眼睛，强忍着泪水，安慰自己这碎掉的念想也许只是暂时的。到底从什么时候开始，你的执念强烈得让人心寒？

"是你吗？这个爱过'烂人'的人是你吗？"

前阵子帮朋友做情感电台节目，我讲了这个故事，节目中途我突然抛出了这个问题，对广大听众的感情经历备感好奇，看着网友的一些留言，我突然愣住了。

是啊，谁没爱过几个"烂人"呢？

节目尾声我又问了两个问题：

"你现在还爱他吗？"

"爱过的'烂人'他爱过你吗？"

最后，我选了温岚的一首《祝我生日快乐》送给听众朋友们。我有很大的私心，以前听这首歌写过许多虐心的稿子，多年后的今天，我想用这首歌回应那个问题……

嗯，还爱你，带一点恨。

你不知道吧，"烂人"处理感情的方式很特别。

一段感情结束，他们总喜欢找各种说辞掩盖自己的过失。

比如说，我们不合适。

比如说，我觉得跟你在一起很累。

比如说，我受不了你总是这样那样了……

而事实上，只不过是因为他已经不爱你了。

前段时间，一位朋友失恋了，她跟男生是大一期末在一起的，今年两人都大三了。男生最后丢了一段很好笑的话："我们学的是同一个专业，面对事情有很多分歧，我总因为考虑我们是恋人而让着你，我很累。"

更好笑的是，他其实跟一个播音系的女生暧昧很久了，他这是找好了下家才提出的分手，归根结底就是移情别恋。

"烂人"的表现，再熟悉不过了。

只请求"烂人"，撑不下去了就走，别再为你的不爱找借口，没几个姑娘还有那么多青春给你耗。

你怎么都忘不掉，这段记忆像一把刀，每天在胸口胡乱割着，提醒着你，真好笑，你爱过他啊，你爱过他。

然后你又一次提醒了自己，你爱过的这个"烂人"，他没爱过你，他很潇洒地走了，没留下一丝爱意。

疼吗？疼就对了，不要怪别人，怪自己就好了，因为你的执念，所以爱过这个"烂人"，一直都没忘掉，一直都在心里挂着。

昨天表完白后，今天他交了新女朋友

　　开学季，来了许多大一新生，妹子还挺多的，看得我眼花缭乱。

　　a 先生与萝卜是同班同学，今年读大三了。萝卜是班里最有舞蹈基础的，让不少男生喜欢，a 先生也在内，a 先生是一名铁骨铮铮的青年才俊，在我看来，这两人还挺般配。

　　某天，a 先生终于忍不住暑假两个多月的煎熬，向萝卜表明了自己的心意。萝卜看着眼前这个身穿白衬衫的男生，想到大神肖奈，不由得心动了那么一会儿。a 先生很高、很帅，这段感情不降反升，但萝卜还是犹豫了一下，心想：他条件那么好，应该有点儿花心吧。

其实我明白萝卜是怕自己陷得太深，才没有立即答应做他女朋友，于是，萝卜对他说了句："如果你可以容我考虑一下……"

a 先生表现出一副非常善解人意的模样，差点儿把我都给迷住了，他对萝卜点了点头，说："好。"当时我看着乐滋滋的萝卜，心想着，这几天应该就成了吧。

不料，第二天，a 先生交了新女朋友。

新女朋友是大一的小学妹，据说，前一晚两人在舞蹈教室遇见，一起秀了几支舞，休息时聊了两个多小时，送小学妹回寝室的路上他一把扯住她的手，说："你真好看。"

好一句"你真好看"，这羊牵得也太顺了！就这样在一起了？！听到真相时难以置信的萝卜骂了句："我瞎了眼。"

若萝卜当时就答应跟 a 先生在一起，这事儿发生的概率依然高，换句话说，这 24 小时都没到就有新欢了，我不知道要怎么安慰萝卜，这画风突变得太意外，估计我要叫辆车才跟得上节奏。

高中的时候，班里有个男生就是典型的例子。就先称呼他 b 先生吧，他手端两碟菜，一同进攻。圣诞节那晚，他买了两束花，一束送给我同桌，一束送给隔壁班一妹子，送花的同时表白了，没错，对两个妹子都表白了。我是第二天才从同桌那儿得知的。

　　b 先生怎么都想不到同桌跟那妹子是好朋友。事情是这样的，隔壁班那妹子回到寝室高兴坏了，跑过来跟我同桌说："我恋爱了。"

　　同桌不好意思说破，事实上，她刚拒绝了 b 先生，她高情商的回应让不少人崇拜不已。同桌收下花，说："我希望我以好朋友的身份收下你这束花。"这碟小菜没吃着，b 先生就跑去跟隔壁班那个妹子表白了。只是我们至今还没弄明白的是，b 先生的表白词是不是也一样呢？

　　真让人心惊，称呼他渣男再适合不过了吧。这事后来传开了，b 先生的室友纷纷吐槽，跟女生聊天时把事情的来龙去脉都说了。b 先生跟一位室友说过这事，那时候以为他是开玩笑的，没想到动作那么快，自以为很利索，却成了一个大笑话。

　　不明白有的男生胃口怎么那么大，啃那么多吃得下吗？这么贪心不怕自己噎到吗？

　　与朋友南瓜闲聊时，为了找写作灵感，也问了她关于渣男胃口大的话题，她说起的经历不是表白，但也差不多，是前男友 c 先生找她复合。

说起前男友，南瓜自嘲："人家都说初恋是美好的，可是我的初恋，却是个大渣男，真不知道他胃口怎么那么好！"当初分手是因为班里来了个转学生，一头长发的妹子够新鲜吧，把南瓜的 c 先生给迷住了，便分了手。快毕业时 c 先生找南瓜要求复合，南瓜心想：这人已经是一层玻璃，我看得非常透彻。便拒绝复合。

　　周末过后来到学校，c 先生举着大喇叭在女生寝室楼下大喊求复合，南瓜看了看窗外，心想：楼下这家伙喊得够深情啊，难道他变了？变得正经了？

　　正当南瓜纠结时，她室友闲聊起来："这不是二班那谁谁谁的前任吗？"

　　"二班？你记错了吧，不是六班的吗？"

　　"不不不！是一班那女的前任啊。"

　　南瓜装作若无其事，走过去准备关上窗户，却听见整栋楼的女生都在尖叫。南瓜望向楼下，一名女生走向 c 先生，原来这渣男依旧是渣男，三心二意还那么张扬。

　　不知道你们生活中有没有这种例子，愿你们慧眼识人。

想成为伴你左右的人，却丢了我六年的青春

这世上，本就没有什么是一成不变的。

这个时代的诱惑太多，许多人不甘放弃被诱惑的机会，喜欢隐瞒自己不再单身的事实。

但是在这个时代里，仍然有心甘情愿为了一个人而单纯爱着的人，她们，总是执意相信一些不可能的可能。

昨天一位好朋友回来了，我去白云机场接到她后，觉得这个人与以前相比带着一丝惆怅味儿，她一副看破红尘的语气向我甩了一句话：

"我也不知道时间去哪了，只知道自己开始老了。"

问她什么时候再回北京，她沉默了。

等我再望向她的时候，这个六年前曾说要伴随那男人一辈子的姑娘红了眼眶。

说："我不干了。"

六年前，为了那个男人，她一毕业就去了北京，进了一家公关公司，从小小的打杂做到有属于自己的办公桌。

她一直跟着他，说自己可以简简单单做他的经纪公司的小助理，这样陪着他就够了，其他的一切都不重要。

六年后的今天，她二十七岁，一个人拖着行李回到原本属于她的城市。

我难以想象，她这些年的青春都在那张小小的办公桌上度过了。

这些年，她写了一篇又一篇的公关稿子。

帮他解决了一条又一条的负面新闻。

接了一通又一通的工作电话。

看着他交了一个又一个的女朋友。

也看着那个男人越来越红。

我们都知道，人一旦站得高了，想要的东西就会多起来，看事情的眼光也会随之而变。

当你发现，在那个久到连自己都忘了是何时的"以前"里，这个人承诺过你的话都变成了空话，那些说得比雷鸣声还响亮的誓言已过期，不能兑现了。

包括，他说的"永远"。

他只会让你永远耗着，永远等着。

于是，我明白了她选择离开的缘故。

也许是因为发觉自己和他离得越来越远了，知难而退了。

也对，别再选择凑合着过日子了，也别妄想去找回丢失的青春重新生活，现在唯一能做的，就是迈出全新的脚步，继续出发。

似乎，人会随着年龄增大，开始明白一些事情，看清一些人，了解自己想要什么，现在那个人不在了，她开始试着让自己去弥补过去的一些残忍。

以前有人追她时，她总是毫不犹豫地甩一句话过去：我不是单身。

跟大伙儿聊天，她从不忌讳男女话题，聊到自己的对象时，总是显得一脸甜蜜，说：我们见过家长，我们一定会结婚。

现在回想，那张蜜嘴说出的话，都成了她这几年青春里最大的笑话。

她说："很不喜欢这种似乎我们从未真正生活过，就像是一直在凑合过日子的感觉。"

她聊起几年前在毕业聚会的 K 房里，一个男生坐在她对面，点了一首林宥嘉《我爱的人》，其中有一句歌词是：每当听见她或他说我们，就像听见爱情永恒的嘲笑声。

　　这句歌词最近一直不断地在她耳边盘旋，现在她明白了，这世上，本就没有什么是一成不变的。

　　就像容祖儿《16 号爱人》剧场版里说的："这世上消夜都有得选，何况是男（女）朋友呢。"

　　六年前，她为了一个人，淡了所有人。
　　六年后，她要为了自己，淡掉你。

喜欢你时你是宝，不喜欢你时你是草

不要一厢情愿介入别人的生活，还自以为是地认为这是义无反顾。

最近听闻很多朋友都结婚嫁人了，几乎都是奉子成婚。

娶的娶，嫁的嫁。

"奉子成婚"这个词，在我看来只是好奇多一些，就像我曾跟朋友说过："我现在还没找到那种可以爱一个人爱到为他去死的感觉。"

我还说过，我一定是晚婚，想趁我还养得活自己的时候好好潇洒一番，存点积蓄，买车买房，而不是依靠男人生活。

毕竟，结婚这件事，已经远远超出喜欢了。

我喜欢你，我也爱你，所以什么都可以做，包括爱啊。

我们还没有积蓄，谈什么结婚呢？我不希望丢下自己的孩子给外婆奶奶带，然后让自己在一种迫不得已的情况下拼命挣钱，每天如同行尸走肉般，还欠下孩子成长的陪伴。

换作是你，愿意吗？

记得还在学校那会儿，有一回跟橘子在外面通宵回来，走在路上，橘子说了很多自己处对象的事情，从她认识那个人到与那个人分开，她说了很多自己的心里话。

其中一段话让我印象非常深刻，她说：我很讨厌因为自己交了男朋友后，我的朋友们怕影响我俩恋爱，就很少跟我说话了。

虽然我们已经成年了，上着大学，不过这是橘子第一次恋爱，因为是在校内，她会过多地顾及朋友和老师们的眼光，自己与男友见面时也不敢表现得特别明显，她不喜欢别人觉得自己与男友过分亲密。

显然，她还是很在意一些事情的，为此，她的朋友为了多给她留一些空间，便没有经常跟她说话，不为别的，就是想让她跟自己男朋友多相处、多交流。

　　但是橘子并不喜欢这样，她觉得自己好像是被拎出去了一样，因为在意太多人的眼光，两个多礼拜后，她跟男友分手了。

　　恋爱期间橘子的心总是游移不定，在我看来，她似乎觉得男友没有了可以再找，好朋友没了就是没了。

　　可我觉得，也许她不是很喜欢那个男生吧，归根结底，都是因为不够爱。

　　我过去也因为在意别人的眼光而失去过一些什么，但是现在的我，若很喜欢一个人，绝不会去管外界因素，喜欢两个人赖在一起，而不是突然就这样分开了。

　　若一个人喜欢你，什么都愿意去做，若一个人不喜欢你，你就别得寸进尺。就犹如人们常说，在爱情里没有谁对谁错，爱上一个人本来就不在自己控制范围内，可这并不代表你就可以肆无忌惮地去犯错啊。

　　所以，在对待自己喜欢的人时，千万别"作"得太过了。

　　得不到的人就做朋友吧，别贪心，对方若不喜欢你，就不要强行联系。

　　你的执念会让别人很是反感，既然他／她跟你没有太大关系，就不要因为你的一厢情愿而去搞得好像真的有事一样。否则，你会发现，你喜欢的这个人会变得越来越讨厌你。

　　最后，千万别理直气壮地怪他／她玩弄你的感情，也许可以反思一下，你喜欢的这个人曾拒绝过你多少次了，倒是你一直在硬撑。

　　不要一厢情愿介入别人的生活，还自以为是地认为这是义无反顾。

暗恋，让你学会了处心积虑

暗恋，是美好的。

有一天，我的微信公众平台后台有几条留言，一段话分成几个句子，她说：

"Githa，我刚刚和室友争论一个问题，她觉得她没有男朋友，没有喜欢的人，没什么念想，所以过得很不顺心。她觉得我比她好，至少我有喜欢的人。但我觉得她自在快活多了，因为我喜欢的这个人遥不可及，我们在一起的概率很小很小，小到我想放弃。于是我就说，如果可以，我宁愿谁都不喜欢，你觉得呢？"

我回了句："暗恋，是美好的。"

"那我就作死一把，打个赌。"

"你有什么行动是吗？"

"表白……"

她似乎是迟疑了好一会儿，然后说：

"万一他瞎呢？哈哈。"

是的，亲爱的朋友，没有一丝念想，跟没了魂似的，不好玩，她的想法是对的，也愿她找到一个能够挂在心上的人。

暗恋到底是什么？

人们常说，暗恋是一个人爱情的准备阶段。情窦初开，对异性产生好感，开始有对爱情的懵懂理解。它是一种痛苦，同时又让人黯然欣喜。

每一个人在暗恋的最初阶段，都有一种莫名的兴奋和喜欢。

也有人说过，这种心理状态，就如一把双刃剑，可以成就一个人，是动力；也可以毁掉一个人，是破坏。在爱情中，一厢情愿的结果往往都以悲惨结束。

但是在我看来，暗恋，是美好的。

抛开那些双刃剑的说法不提，我认为，暗恋让一个人学会了处心积虑。

为了制造一次偶遇，你煞费苦心；为了不让大家起疑心，你装出一副彻头彻尾毫不在意的样子；为了让自己更像对方，你模仿对方的生活方式……

所以，暗恋一个人就让自己成了心机女？不！暗恋的心机只是对自己喜欢的人这样，也仅此而已。

可是这么胆怯的你又怎能得到爱情？

见了对方不敢正视，心跳得让人窒息，这些现象只不过表明你太懦弱。我想问，这么胆怯的人，你凭什么得到爱情？

我在《大树，我是土壤》一文里写过一个为了喜欢的人剃了光头的女生，她是我的朋友，姓连，一个我很感兴趣的姓氏，写那故事前我有问过她的意见，她允许后我才写的。

先称呼她为阿连吧。阿连出生在福建泉州，2010 年，我在《花火》的书友群里认识了她，她喜欢网聊，却告诉我，生活中她不爱说话。

她唯一一句最张扬的话就是表白，那句通过学校扩音器对暗恋已久之人说出的"我喜欢你"。这件事让我一直觉得她就是那种"本姑娘喜欢你很久了，你赶紧跟我在一起"的范儿。

后来我才从她口中得知，这句话虽然张扬，但她是以一种非常胆怯懦弱的语气说出来的。

好在他们最后还是在一起了，她告诉我，男生喜欢比较小鸟依人的女生。

恰巧就是那么刚刚好，你暗恋的人也暗恋着你。

朋友总会对自己身边有暗恋对象的人给予鼓励：要表白啊，不要害怕！但我们总觉得，这并不是最好的选择。

万一那个人不喜欢你呢？有一点自知之明还是好的。

斑马是一个纯东北姑娘，是师大里一名成绩优异的大三学生，上个学期，她就是受朋友的鼓舞向我这一届的一位男生表白了。我们一群人在咖啡馆等她，她走之前说了，追到手就带到这儿，没追到就叫他滚。

当时我还以为是自己听错了，我追问同伴："刚刚斑马说的是没追到就自己滚回来？"

同伴再三强调："斑马说叫他滚。"

我的"哦"字再一次派上了用场，不得不说，斑马还真是比我更横冲直撞啊。

斑马回来的时候是一个人，但是她可高兴了，脸上乐滋滋的样儿掩盖不住，看样子是追到手了？我提高嗓子故意起哄："你叫那人滚了？"

事情顺利，却没想到那么顺利。就是那么刚刚好，你暗恋的人也暗恋着你。对方暗恋斑马的时间更长。

表白就表白，我才不怕！

那些暗恋别人许多年的，什么时候是个头啊？！若你一看到对方，就处心积虑想要逃跑，那就告诉自己，表白就表白，我才不怕！

你的处心积虑要用在追人的活儿上！逃跑？跟自己滚蛋有什么区别？斑马那句霸气侧漏的狠话："追到手就带到这儿，没追到就叫他滚"，我还挺喜欢的。

　　万一就是那么刚刚好，你喜欢的人也喜欢你呢？这场暗恋就结束了。连喜欢的人都没有，活得跟没了魂有什么区别，万一你的小鸟依人入他眼呢？万一你横冲直撞就是他喜欢的类型呢？

占有欲强的人，会成为爱情里的刽子手

在爱情里，双方都要多给对方一定的空间、时间，才会爱得更加游刃有余。

槐树是我在英语培训班蹭课时认识的一位朋友，槐树学的专业是中国舞，她男朋友是学影视表演的。

槐树得到老师推荐，有了一次去省大剧院表演的机会。彩排时，男朋友看到她与一名男生过于亲热，当场拖着她说要离开。当时我在给他们拍摄，看到这一幕都惊呆了，尤其是她男朋友犀利的眼神和不可理喻的言语，真是吓我一跳。

男："走，不要跳了。"

槐树："为什么？"

男："你当不当我是你男朋友，你跟一个男的那么亲近，你有没有考虑过我的感受？！"

一大男人这样嚷，我真想给他回个"哦"。

槐树之前就跟我提过，这种事情出现过很多次，男朋友总约束她。可是对于一个舞蹈表演专业的姑娘来说，有个男搭档不是最基本的吗？看着她男朋友那怒火冲天的样子，我真想踹他一脚，这种事早该结束了，他就是占有欲太强。

我放下相机，槐树一脸憋屈地望向我，示意我帮帮忙说句话。看到槐树示意，我倒不客气起来，走到两人中间，说："你自个儿还是学影视表演的，遇到床戏的话你会因为女朋友而推掉吗？"

男："我会。"

我："你放屁！"

槐树由着我呵斥他，也跟着说了句："对，你放屁！"

原本还觉得自己这样对别人男朋友有点儿不合适呢，槐树这复读机的范儿让我更有胆子了，我接着说："你说，你学影视的还不让你学舞蹈的女朋友跟男搭档跳个舞？你占有欲怎么那么强呢，小心眼儿。"

我觉得学表演的学生至少要有专业的态度，不该有太多心理负担，何况两人都处于差不多的级别，应该多支持对方。占有欲过强而约束对方会影响很多事情。因为这份私心，让自己丢掉爱情和以后的事业，傻子都知道不值得。

姑娘，不要让只顾一己私欲的人过多左右你，也不要让你的牵挂影响你，你要记得，你就是自己的全世界。

占有欲强算不上坏事，但也不见得多好，尤其是不小心踩中了雷点，后果不堪设想。

男生往往喜欢掩盖自己的占有欲，说那是因为在乎你，其实那不过是他们小心眼儿爆棚的借口罢了。

以前处过一个对象，从 2010 年完稿的第一篇长篇小说，到现在逐步深化的短文，他都不是很支持我，总觉得我写的东西他看了不顺眼，刺到他甚至影响他在我心里的地位了。

他开始怀疑关于男主角的灵感是否源自我身边的异性，男主角的生日设定是否源自我与某个男生的特殊纪念日。因此他总是管着我，总会因为我的小说不理我。

每每遇到这种情况，我只能在心里默默地怒骂，怎么那么小心眼儿啊！若说他是个彻彻底底的刽子手，又觉得缺了点儿什么，说他从未理解过我，好像他也尝试过理解我，以至于我落下心理阴影，每次发文都要屏蔽他。后来弄了个公众号，也不清楚他知或不知。

之前写了一篇文章，提到一个已婚的同学，他就说我对人家念念不忘，居然还是已婚的，这都什么啊！我特委屈地说："这些都只是文章，我爸都看，没什么接受不接受的，同性恋都写过呢。要是我写的东西每个人都喜欢看，那我明年的新书销量就不用愁了！"

他不买账，于是我就跟他发起火来了。

没办法，我就是有点儿倔，受不了别人过分约束我、管着我，何况还那么无厘头。别扭闹完后，我就说："我在演小品的时候还有好几个老公呢，你走啊！"

他撇撇嘴，说："演小品是一回事儿，你演床戏我都能接受。"

虽然话是这样说，但是从我写文就看得出来，他哪有那么大方啊，就是小心眼儿！话说回来，他可能是觉得我不会接触床戏，才信誓旦旦说出那番话吧，归根结底，这才是真相。

　　有一次在微信聊天，对方头像是个男的，他就追着问："这谁，这谁？"

　　我嚷起来："哥啊，这男人头像是演员啊，聊天的是女性啊，你还怕我被骗走了不成！"

　　终于有一天晚上，他很认真地对我说了句话，让我觉得他的人模人样多了七分。

　　他说，我就是对你太小心眼儿了，可我只是对你这样。

　　我紧张得不得了，生怕他这一阵子的人模人样会在下一秒就车祸现场。为了压住他的气场，我装腔作势了好一会儿，假正经回应他："王先生，你终于舍得承认自己是占有欲过强的刽子手了吗？"

　　他受不了了，立马变脸……

　　占有欲太强，一不小心就会成为爱情里的刽子手，我希望我爱的人也爱着我，让着我，支持我。很多情况下，因为理解上的误差让我们做出许多不理智的事，给对方带来喘不过气的压力。

　　其实，在爱情里，双方都要多给对方一定的空间、时间，这样，才会爱得更加游刃有余。

如果你不来，一定要跟我说

晚安，愿下一次转身，心里的那个人正向你走来。

"我喜欢等人，可我不是一个非常有耐性的人。"

"这不是矛盾吗？"

我曾等一个人很久，最近才知道，那个人也在等我。我们因一些插曲断了联系，两人一个不问，一个不说，一个觉得对方在埋怨自己，一个觉得对方不该打扰自己。

我们没有做成恋人，成了好朋友。

前段时间我们决定打破隔阂，约了见面，地点是澳门。

可我比约定时间晚了整整 24 个小时。我第一次迟到这么久，也是第一次来这地方，从未想过我会大老远一个人飞来这地方找一个人。刚下飞机的时候哪都不认识，手机竟然还没电关机了，但我记得他家小区的地址，具体是哪栋楼我就不知道了，于是跑去他家附近的酒店订了个房间。

本来我没赶上航班，大部分热情在机场被浇灭了，到了这个时候想着要不就算了，这是没有缘分吧，却又口不对心地对自己说："没关系，让接机的人先回去睡吧，我就是要去！"

那天到达的时间很晚，早几个小时就叫他回去睡了，我们约定第二天见面，我没忘记，在这 24 小时后对他说句意味深长的"好久不见"。

这辈子，总会有那么几个人让你记挂在心上，让你偶然间触景生情，泛起些许感伤，忆起过去的种种，调皮地触碰你的底线。

有些人，你一定要等，他总会来的。

有些人只要看上一眼，会让你所有旧病都复发。可我认为，有些人见完就好，伤口立即痊愈，因为心中的大石头终于落下，误会终于可以说清楚了。

第二天早上，我发了地理位置给他，刚开始他不信，我不太理解他的怀疑，见面后他才告诉我，我住的酒店就在他家对面，没错，对面，正对面。

真棒，幸好我来了，我只知道他住的小区，却没想到酒店都挑了正对面。我看着他指的那栋楼，有点惊慌失措，我说："可是导航写着还有好几百米呢。"

他撇撇嘴，说："因为正门还要往下走一小会儿，但是我家确实是在你住的酒店对面，就是这栋楼。"

我说："原本我觉得来找你已经够神奇了，竟然选的酒店都在你家对面，真是不可思议。"

他追问为何不可思议，我心里默念："因为我终究还是来找你了，大老远的。"

那晚我们一起散步，说了好多话，我最记得他说的那句"来了就好"。

见面时，我是回头看见他的，他在我身后向我走来，我问他怎么不叫我，后来细想他应该是想走到我身边再叫我吧。他悄无声息，像一只小动物。

于是我打破了原本准备好的第一句话："你来了。"

他不知道，那晚我睡得特舒服，原来是因为离他很近，自己都觉得好神奇，我竟然大老远飞过来找他了。

　　我还记得那天他说："下次我们乘船去香港逛逛。"

　　虽然不知道他是不是说说而已，也不清楚有没有下一次，但没关系，他来了就好。

　　西瓜跟异地恋四年的男朋友分手了，她给自己找了一个很完美的借口：我不爱了。

　　而我，靠着天桥栏杆看着这个比我大几岁的女人哭得稀里哗啦。我眼泪也多，可头一回见有人哭得比我还丑。

　　西瓜的对象在读研二。从高三毕业那天他俩就在一起了，是西瓜表白的，本来想着毕业了，见不着了，说完就走算了，没想到两人就成了，那男生说："其实我知道你喜欢我，那我们在一块儿吧。"

　　好一句"我知道"！好一句"我们在一块儿吧"！那年的西瓜就像一只得逞的小妖精，乐了好久，直到西瓜的男友说他想去北京。

　　后来他去北京了，西瓜留在 C 城，逢年过节他回家的时候就跟西瓜见个面，平时开开视频通通话。可异地四年不是那么好熬的，因为你失去了相拥的权利，而西瓜傻傻地说："我等啊我等啊，没关系的。"

大学毕业后，对方跟西瓜说："我家人希望我考研。"

西瓜愣了半天，然后回了句："那你怎么想的？"

"我觉得还不错，你会等我的对吧。"

每当他提出什么条件，西瓜都会拼命点头，即使手机那头的人看不见，但是这一次，西瓜说："我们分开吧。"

这一句话，没了下文。西瓜累了，等累了，心灰意冷。

一段感情里，不能只有一个人付出，一个人傻等，一个人热泪盈眶地期待一切啊！

既然你不来，那我也不想爱了，也幸好你告诉了我，没人能有几个四年给你耗。

也许会有很多人说西瓜不够坚持，可每个人处理感情的方式截然不同。那些坚持走到交换婚戒的异地恋人，一定没有经历过西瓜这么冰冷的四年，她甚至怀疑那个人有没有爱过她。

西瓜不是不爱了，是知道那个人不会来了。

一段好的感情，不是我等你，你等我，这种毫无目的性和时

间点的事情就晾一边去吧，你必须明确地告诉对方："我这个点
会过去找你，你记住。"

这句简单的"你记住"，它包含了一切等待，一切你侬我侬，
一切"我会来"，因为有固定的时间点，你才会更满怀希望地期
待对方："你要来了，我等你。若你不来，一定要跟我说。"

爱情本就应该是相互的，也因为其相互性，才有了交代，才
不会辜负任何一个傻子的等待。

我看过一句话："人的一生如果有一个值得等待的人，那么
证明你是幸福的。"当时我还挺喜欢的，但现在有了另一番看法。
等待，也要看那个人值不值得你等，否则你要等多久？他来不来
你都不知道，你幸福什么？

西瓜这种毕业才表白的，向来都太虐人，因为不管对方接不
接受，这一别就犹如一世啊。

再回到最初的那两句对话："我喜欢等人，可我不是一个非
常有耐性的人。"

"这不是矛盾吗？"

这不矛盾，因为有些人值得你等，你愿意等，你会因为他的

到来而不断考验自己的耐心。

晚安，愿下一次转身，心里的那个人正向你走来。

秀恩爱不是衡量单身的标准

当你一味地秀恩爱时，也有人已经默默地培养感情。

我在朋友陈一的身上深深体会了一个道理——不是每个秀恩爱的人才有男女朋友。

情人节过后，有人跟陈一表白，尴尬的是，陈一已经脱单好多年。

一时之间她还没反应过来，先是懊恼对方一定是鼓足了勇气才叫她做自己的女朋友，陈一当时不知该如何委婉拒绝。心想着对方从初中持续到现在的心意，让她为此呆滞了许久。

陈一没有第一时间回复这种文字上的交往请求，虽然她也不清楚这份感情会不会一直持续，但至少现在还是稳定的。

她吐槽了一句："这年代谁会接受网聊表白？头痛！"

再是懊恼自己脱单这么多年了，竟然还有人以为我单身，该如何是好？！

于是她斩钉截铁地回给那个人一句："我订婚了。"可能鉴于陈一的年纪，对方没有马上懂，追问："有男友的意思吗？"

"是啊。"

那个男生没多说，祝福了陈一，这份尴尬的表白就这么过去了。

情人节当天在与朋友聚餐后赶在十二点之前到了 m 城，陈一去了男友家，一是接他妈妈下班，二是想在十二点之前来到他所在的城市。陈一跟这男人在一起的时候，她妈妈是很不同意的。这段可能不被看好的感情，一守就是八年，让人羡慕不已。

有人说，青梅竹马不及死缠烂打，每每听到这种话，陈一总是理直气壮地说："别闹，后者是流氓吧！"

也有人说，青梅竹马一般都是不会在一起的，因为他们彼此过于熟悉，很多事情过于黏糊，可我在陈一的身上看到了那股扯不断的韧劲。

陈一跟自己的男友总是因为异地、学习等因素，错失情人节相聚，这是这么多年来，两人第一次一起过情人节。这特殊的节日对于他们来说，其实无所谓，毕竟两人相爱，每一天都是情人节，于是陈一说了句："我跟他不一般，就别把'青梅竹马一般都不会在一起'这类话套我身上了。"这是我第一次在陈一身上看到"秀恩爱"这词儿。

　　她在朋友圈虽没有晒合照，却用一两句话秀了恩爱。

　　她微信里有部分人是从来不刷朋友圈的，发个聊天截图的点赞定会比其他生活照的点赞少，没有太多人会去注意你跟别人聊了些什么。不过对看得懂那两句话的人来说，陈一也算是做到了极限虐狗。无疑，陈一见了家长。

　　虽说前段时间陈一也有跟男友的家长见过面，可大过年的毕竟是不一样，完全就是托付终身的感觉。陈一跟男友一块儿读书的时候就认识男友的哥哥，哥哥待陈一很好，交流上无一丝忌讳；男友00后的表弟也一直"嫂子""嫂子"地叫；男友妈妈向她发出各种外出喝茶吃饭的邀请，还有夹菜时的叮咛与笑意盈盈的对视，以及她那一连串可爱的举动，让陈一哭笑不得；而身为工程师的男友父亲，则非常幽默聪明，时常脑洞大开在家里设计古怪的家具，实用指数五颗星。

那天成功入侵厨房,洗了第一次碗和锅,第二次洗到一半未果,他妈妈冲过来抓住陈一的手洗干净后推着她出了厨房。陈一知道,男友在家没怎么做过家务,他虽不是那种很会做饭炒菜的绝世好男人,但他家人给陈一很浓厚的温馨感。

那天天气很冷,水很冰,他妈妈心疼陈一,就像宠自己孩子一样,说:"这事儿留给阿姨做,你跟他去玩吧。"

这一刻的陈一留给我们一张傻笑的脸,想起她以前说过讨厌自己是个姑娘,听到这里,我问陈一:"你现在还讨厌自己是个姑娘吗?"陈一想都没想直接摇了摇头,也许此时此刻的陈一真正领悟到了这样一个道理——多庆幸自己是个姑娘啊,能遇见一个待你好的婆婆。

因为陈一最近在减肥,都在吃素,很少碰肉类,在那天的几顿饭中,她狼吞虎咽的模样让他妈妈很高兴。然后她笑着对我们说:"每个家长都希望儿媳妇能吃,总认为胖点好生养。"

晚饭后已经八点,陈一和男友去超市买零食,男友妈妈来电话,一本正经地对陈一说:"今天是情人节,要买什么叫他买,他肯定不懂,我这儿子傻乎乎的。"

我们都以为陈一男朋友会给她准备惊喜，便八卦地追问道："一束花？巧克力？"

　　不料陈一又一次把我们虐到了，她说："我什么都不需要，花是很浪漫，可花会凋谢，我也不喜欢吃甜品，把钱省下来买房子最好不过。"

　　因为陈一平时较低调，许多人都以为她单身，为了避免误会，陈一便发了一条朋友圈：我决定托付终身给他了，情人节快乐！

　　陈一的恋爱史真的太虐狗，不用多想，评论区肯定又炸了！不过说句实在的，"网聊表白"出现的频率确实挺高，我提醒下广大男同胞，这种方式是追不到姑娘的，即使你们是知己知彼的好朋友，也未果！也不要因为被拒绝而压抑自己的情绪，大家都还是朋友，做不成男女朋友就只能做陌生人的话，都是耍流氓，与死缠烂打没两样。也不是每个喜欢秀恩爱的人才有男女朋友，表白须谨慎。那些整天秀恩爱的妹子公子们，偶尔秀一下我是非常看好的，太频繁可是要命的。

　　当你一味地秀恩爱时，也有人已经默默地培养感情，见家长，托付终身，精打细算考虑将来的支出与收入，觉醒吧，秀恩爱根本就不是衡量一个人是否单身的标准。

Chapter 3：再见莫忘相拥

朋友，我无再多奢望，唯愿无事常相见，再见莫忘相拥。

－ 我错过了记忆里的你，和那场婚礼
－ 别再因为在意谁的看法而失去谁了
　　－ 我知道，你只是害怕被冷落

我错过了记忆里的你，和那场婚礼

我曾错过了一个电话，似乎也是因为这个电话决定了一个人下半生的幸福。

我们耳闻最多的一句话——人都是会变的。

可我最近发现，是有些事情在变，而不是人变了，刹那间，所有言笑晏晏都成了后来的不欢而散。

我们总会不经意地将一个从不发脾气的人逼到角落里，没人察觉他的怒火在心里生根，然后还用无辜的眼神对他说："你变了，你以前不是这样的。"

也总会不知不觉将责任推给别人，忘了自己也在自私地犯错。

开学期间有一场初中同学的聚会，我没有去，不是时间上无法成全，是我压根不想去。有许多初中同学没有联系，因为聚会之谈让我恍惚，总有许多面孔隐隐约约地浮现，它不管我烦躁的情绪，自私极了，自作主张地在我记忆里挂了一扇门，不经意推开后，总有许多想看却又不想看到的面孔。

　　友情是记忆里的油麻地，对吗？我很抱歉，我始终认为最好的伙伴在高中，没有之一。

　　虽然我现在上着大学，还有很多交友的机会，但我想，也不会超过两个吧，我真的坚信，我最好的朋友一定是高中同学，一定是。

　　不过我知道，有个别好朋友，不经常联系也不会疏远。那些熟悉的面孔，愿岁月留点儿情分，让我在想念收复不住时给我翻阅一下，铭记于心吧。

　　错误的信号让别人起了莫名的误会——这人不好相处。

　　虽然这些记忆不会在别人脑中停滞多久，但也会无奈，无奈之下只能打心里感到抱歉。

　　抱歉，只因我们都不是特别活泼开朗，受过伤害，承受不住太多不必要的麻烦；也抱歉，只怪我们太慢热和不够成熟。

就像我在《世人皆知我们相爱的风景》里写到过的 Dolores 的想法，其实是一样的。

我们不相信别人，是不希望自己最后哭着说别人伤害了自己。

别跟我提自以为是的"没关系"，那滚烫的伤害是会扎根在记忆里一辈子的。我对每个人都差不多，喜欢就是喜欢，没有理由；而面对不喜欢的，我自己滚蛋，因为你没错，是我们面孔对面孔的雄雌激素没有得到完好的吸收。

大学的表演专业课老师说过，要好好珍惜大学时光，结交好朋友，他们会是将来走上社会后最能帮助你的朋友。

伴着他的话音我笑出了声，幸好没有被发现。我算是他觉得很听话的学生，当然也只是他觉得而已。我没有要反驳他或者批判他的意思，可脑袋里的想法却久久无法平息，我自然而然地觉得，因人而异吧。

是啊，因人而异吧，并不是每个人都能应了那句话。

最近，我想起初中二年级的一位同学，在换座位之前我们只隔着一条走廊，那时候我们玩得挺好的，他总爱与同桌讨论我写的小说，我每写一点儿他就嚷着要看一点儿，修改的机会都不给我，虽然我清楚自己那阶段的作品不修改真是拿不上台面，原谅那时候我们都还小，因没有经受过世俗眼光的攻击而自以为是。

他也总喜欢在男生寝室聊起我这人小鬼大的"胡说"，那让我第一次觉得自己的东西备受关注和认可，欣慰之际红了眼眶。

好吧，"胡说"是我自己的意思。

至今我还清晰地记得那个自觉很好听的名字——江龙格。

我曾错过了一个电话，似乎也是因为这个电话决定了一个人下半生的幸福。

有许多事情我当时并不知道，是后来才得知的。

比如说，认识他的时候，他有个女朋友，是我隔壁桌，人挺好的，新学期开始时我们交过朋友。

比如说，他冬天脸会干裂，很疼，然后通红，护肤品不起作用。

比如说，传纸条时他说自己很喜欢与我谈心。

比如说，后来他结了婚。

江龙格这个名字是我给他取的，是看了一本小说后，深深迷恋文中的男主角，记忆在争吵，环绕我，追逐我，在角色中寻找面孔。

"好像。"话音从口中悠悠地落到地上，我看着他满脸的疑问哈哈大笑，不解释。

离开学校后我一直没有见过他，好像有五六年了，除了记得他长什么样，还真的记不清他离开学校的原因了。

我一直没有换号码，时隔好几年，在高考之前通了电话，忘了是他拨的还是我呼出的，只记得提及是我们其中一人在整理联系人时拨的，试试这人换没换号码。没有提任何关于他成家的话题，只是闲聊了好久不见，告诉他这个号码我不会换……

你还是可以跟以前一样跟我谈心——这句话在心里犹豫着，堵塞住，最终没有说出口。

结婚的消息是在开学时从别人口中得知的，起初我还不相信。

"喝醉了，现在有孩子了，一个多月了。"一句话让我陷入了沉思。

后来，我联想到假期时有一个他的未接电话，许久没联系了，这突然的电话让我恍然大悟。

也许是在做事情之前的犹豫与考虑。

也许是醉酒后的迷迷糊糊。

听到消息后我回教室拿起手机发了短信。

"假期里你给我一个电话是想跟我说点儿什么吗？"

"现在没事了。"

没事了？没有下文，他结束了话题。

我抓着手机发了一上午的呆，直到回家看到错过了的婚礼请帖，我以为自己在做梦，喃喃念着四个字：年轻，可惜。

新娘我认识，却不是原来他心仪的那位姑娘，两个没有交集的人奉子成婚，又或者说有过交集只是我不知道而已。

你结婚的时间当时我并不知道，忙于上课没回家的我也不知道请帖到了家，人不到红包也要到的常规我却没有做到。

恳请岁月多留一些过去的面孔给我，将我至今还在记忆里这块弥补不了的空缺填满。可能我多想了，也许你现在很开心地生活着。

祝你幸福，记忆里深刻的面孔。

祝你幸福，曾一起胡说八道的伙伴。

祝你幸福，我的好朋友。

祝你幸福，我曾错过的那场婚礼。

别再因为在意谁的看法而失去谁了

因为太在意别人的看法，我丢失了自己最好的朋友。

2014 年 9 月，我与贞西在培训班相识，他对我很好，把我当成最好的朋友，不管我做什么，出了多大的错，他都支持我。

忘记我们怎么成为搭档的了，也许是因为有许多共同点，比如说，喜欢绿色，喜欢同一款洗发水……

有一回月考的声乐观摩，我伴奏没进对，同学都笑我，唯独他，很有礼貌地对伴奏老师说了句："老师，可以请你再弹一遍吗？"

第二遍，我不仅伴奏没进对，还唱错歌词了，同学们又笑了起来。那个时候的我，有点想临阵脱逃，却听见贞西仍请求老师再弹一遍，我便忍住没有转身。

第三遍我还是没唱好，这一连的车祸现场我实在是接受不了了，我示意贞西不要再打断老师。

我断断续续地唱完了这首歌，鼻子酸酸的，有种想哭的冲动。

观摩完毕后，我迅速离开，一个人躲在琴房待了很久，没有弹琴，就坐着，哭！

我不是一个脸皮特别厚的人，不自信，非常在意别人的看法，我很怕同学会嘲笑我，还每天在耳边提醒，观摩唱错好丢人。

因为胆怯，我也曾想要放弃。

因为太在意别人的看法，我的情绪被别人左右，失去了原本快乐的一天。

贞西在微信上问我："在哪间琴房？"

我连忙照照墙上的镜子，发现眼睛肿得不成样子，便没有回复。

见我没回，他继续发了句："不说也可以，都敏俊 xi 会变身。"

我被这句话逗笑了，于是告诉了他琴房号。

贞西的名字有个"xi"，这是我们之前聊天提到过的，因为他特别懂我，自卖自夸说身怀特异功能，才有了"都敏俊 xi"这个称呼。

打开琴房门后，他捧着自己绿色的碗，对我说："你今天都没吃过饭吧，没见到你的碗放在架子上啊。"

我说："那你吃了吗？"

他说："没吃我还能给你？好了，给！还跟大叔要了很多你最爱吃的虾丸。"

把饭递给我之后，他便离开了，没有揭穿我那肿得不成样子的眼睛，后来我才知道，他那天并没吃饭，第二天上课胃疼。

我们都有急性胃病，也不知道这算不算缘分，或者说，也算一个共同点。

也不知道你现在记不记得按时吃饭。

他一直都很支持我，不管遇到多糟的事情，都安慰我说："怕什么！Githa 是潜力股，只是还没开窍罢了。"

可惜的是，他只看到我像一匹脱缰野马时的疯癫，却没有目睹我这匹黑马在大草原上自如地奔腾。

印象中，因为我太在意别人的看法，他还摔过手机，那是我第一次见他发脾气。

他也是除了读者以外，第一个主动叫我 Githa 的人，包括手机联系和微信备注也是，这份亲切感无人能比。

可惜这个一直很挺我的搭档，现在已经没有联系了。

因为太在意别人的看法，我做了这辈子最后悔的一个决定，也是最错误的一件该死的事儿。

没错，我失去了我的搭档。

当时高三培训结束后，其实我们还有联系，只是因为临近高考，学习任务重，我们的联系少了。

我记得，那时候他发过一条朋友圈，说："愿你一直安好，不要变。"

于是我也发了句同样的话，可现在想想，也不知道是不是对我说的。

直到步入大一后，他交了女朋友，但偶尔还是会聊聊天。

一天，一位我们共同的朋友对我说："听说贞西交了女朋友，他以前不是追你挺久的吗？你猜他这个女朋友会坚持多久？"

我说："我们是搭档，他交了女朋友是好事儿。"

朋友说："可他以前追过你，要我说，你还是把他删了吧，别影响别人的感情。"

朋友的话让我陷入了沉思，觉得朋友讲得似乎颇有道理，可是要删了贞西，我舍不得。

第二天，我问朋友："可是我没有打扰别人，我们只是搭档。"

朋友说："我很讨厌破坏别人感情的人，我怕你们日久生情，两败俱伤。"

我正打算反驳，朋友又补了一句："不是我说你，现在哪有女生谈恋爱受得了自己男朋友跟别人搞什么蓝颜红颜，还搭档呢，恶不恶心！"

说完后，朋友哈哈大笑，看着我。

那一天，我下定了决心，将手机交给了朋友，我说："你来，我做不到。"

因为太在意别人的看法，我丢了自己最好的搭档，是的，我又被左右了一番。

这绝对是我这辈子最愚蠢最错误的一个决定，我后悔极了。

现在我们没有联系了，贞西也没有加回我，是啊，谁会加回一个莫名其妙删掉你的人。

可我很想告诉他，Githa 现在不怯场了，还在大一第二学期拿了声乐全系第二名，做了汇报演出。Githa 现在脸皮厚了，不怕别人嘲笑了，这些都是因为你。

每次考试我都喜欢发个朋友圈，就好像他还在我的好友列表里似的，我说："今天会变身的怪叔叔来了吗？"

朋友们纷纷点赞，并不知道我是在一个人说傻话，还说了十个月，十个月里一次次想起你。

大一第二学期的考试，我考完出来觉得自己从有过这么好的状态，于是我发了朋友圈：我以为贞西来了。

抱歉，我的好搭档贞西，又一次偷偷想念你。

半个小时后，我删了，生怕被共同朋友看见后截图告诉你。我已经没有脸再出现在你的生活话题里了。

因为太在意别人的看法，我删除了关于你的所有朋友圈，又一次，不留痕迹。

贞西，你不知道的事情可多了。

你不知道，我唯一一次看到你的头像，是在我们培训班的一个学习群里，于是我退群了，是为了让自己忍住加回你的冲动。

你不知道，你给我的暖胃灵颗粒我一直留着，即使那几包药已经过了保质期，还有一分钱的硬币和那把粉色行李箱钥匙，你说，当作个纪念吧。

你不知道，我竟然把你的生日都给忘了，有两个日期我不太确定，于是我连续两天都对着你送给我的手表说：生日快乐，原谅我。

你不知道，即使放假了我也不想回广州，因为这里满满都是回忆，我们一起培训过的大学城北，终究我还是回了这座城。

你不知道，我每次回来都要在我们站过的桥上好一会儿，以为站久一点儿就会回到过去，你优雅地走过来，喊着我的名字。

你不知道，每次我站在那座桥上，都爱发朋友圈附上地理位置（广州大学城北）：看风景的人在桥上等你。

我真的以为你在列表里，还会看到。

昨晚凌晨五点，我又发了朋友圈：最后一次，看风景的人在桥上等你。

　　真的，最后一次。

　　我发誓，我要做我自己，再也不要在意别人的看法，再也不要被左右，再也不要丢失任何人。

　　因为太在意别人的看法，我丢失了自己最好的朋友。

　　最好的搭档。

　　最好的贞西。

　　最好的你。

我知道，你只是害怕被冷落

念旧的人就像一个拾荒者，不动声色，心头早已暗流涌动。

前些天我发了一条朋友圈：谁不能有几个好朋友。

我没有加标点符号，不过当时，我想表达的是陈述句，而不是疑问句。

起因是，我在表达某件事情的过程中让朋友觉得我忘了他们，其中一位在朋友圈与我对话，再明显不过的责备，于是，我有感而发。

他叫滕单，是我读初中时结识的朋友，不上学，为了养家糊口，一个人在厦门工作。

因为我上学，他上班，各有自己的新环境，渐行渐远倒不算，只是少了联系罢了，偶尔还是聊聊天。

我写了《别再因为在意谁的看法而失去谁了》后，他的状态开始变得浑浑噩噩，这其中的大概我也猜到了，自从上高中之后，三年以来我与许多初中同学都几乎断了联系，也许他觉得这是因为我结交了新朋友，忘了他们。

也许这也包括另外一个原因：我曾说过，最好的朋友在高中。

虽然我很想克制自己，可我猜对了，他就是这个意思，还有那个极为片面的词：喜新厌旧。

想了想，还是算了，那也没办法，但很想说一句比较极端的话：难道我这19年来只认识你一个人？

在新的环境，我会结识到新的朋友，这在所难免，我对一些朋友印象如此之深刻，自然有其中的道理。我虽然念旧，可我们有自己的生活方式和社交圈子。

有些过路人，总喜欢拽着你不放。他们就是我眼中勤奋的蚂蚁，干再多的活也是为了自己，我又何须去记起。

这种感觉就像友情绑架，我不喜欢。

所以，也请求你，不要轻易责备我。

你总会无意间想起回忆里的人事物，想活在旧时光的美好里，却往往，总把自己弄得很难受，其实，你只是在意是否被冷落。

今年过年回老家的时候，我跟邻居李太太上街买花，在街上遇到几位初中同学，其中有一位跟我打招呼，我觉得非常抱歉，因为我记不清他的名字了，一来只是校友，同年级隔壁班的，二来我跟他没有过深的交情，只是简单的认识。为了避免尴尬，我回应他的问好，说了句："老同学好啊。"

他身后的朋友凑过来，对我说："你还记得我叫什么名字吗？"

这位凑过来的朋友我倒记得，因为是初二初三都同过班的。说出他的名字后，这家伙狂傻笑，问我过得如何，可惜这个话题被打断了，刚刚第一个问好的人追问我他的名字。

我说："崔什么来着，我忘了。"

对方似乎有点失落，却又开着玩笑说："可能人长得比较黑，有点丑，没能让你过目不忘。"

这话倒把我逗笑了，我连忙解释："因为我们不同班，没关系的，你告诉我就好了，我可能不记得你的名字了，但我还记得你啊，你是六班的对吧。"

在分别之前他加了我的微信，还语音了自己的名字过来，说了三遍，也打了字，说一定要记得他这位老同学。

没错，每个人都有属于自己的独家记忆，再念旧的人也会遗忘一小部分，记忆怎可能不超出负荷？而这种人，他的存在感也如同蚂蚁，自身虽渺小，却把你看得比任何事情都重要，这份大小的对比，你值得引以为傲。

所以，有的时候你也许会遗漏一些人，但他们依旧记得你，珍惜身边那几个把你当成好朋友的人吧，你一直活在他的记忆里，因为他念旧，于是你成了他这么多年来戒不掉的瘾。

我也总会因为念旧，在乎是否被冷落。

了解我的人都知道，我是一个情感较为丰富的人，丰富到总会触碰矫情线，因为我念旧。

以前就听别人说过，念旧的人就像一个拾荒者，不动声色，心头早已暗流涌动。

是的，我们虽然没有任何行动，却对许多事情都看得清楚明白。那天说完那句话后，有位许久没联系过的朋友在底下评论了一句："所以我才总是被冷落。"

看到这句话的时候我有些许自责，这位朋友叫蜜蜂，以前读书的时候跟我家人有过交集，所以对我百般照顾，就像一位大哥哥。他的眼睛小小的，笑起来完全找不着，这正是蜜蜂的可爱之处。

　　这么多年都没能见上面，今年过年期间在派出所取证件时遇上了，聊了一小会儿。

　　为何他这句话会让我有些许自责呢？因为这人我记得深刻，曾是好朋友，曾帮助过我，掏心掏肺的那种。不像有的人，对你好只为了谋取一些利益，发现阴谋未得逞便指责你，那种人存在感非常强，那又如何，不过是一只凶悍无比的野兽罢了。

　　我也曾担忧害怕别人是否冷落了我，可现在想明白了，若我足够强悍，才不需要去在意体积大小而换来的存在感，我有自己的记忆箱就足够了。

　　因为念旧，所以在乎是否被冷落，也不甘愿只有一只蚂蚁的分量，害怕从未被记起，也害怕被遗忘得太彻底。

　　过去我曾说过，记不记起，也要看你是只什么蚂蚁，我虽然念旧，可我不会把一只蚂蚁记得太彻底。可后来我才发现我错了，念旧这种事，不是有意识的，不是你能决定的。

念旧，会上瘾，也会让你害怕被冷落，在没有一丝防备下，它早已侵入了你的身体，根深蒂固。

Chapter 4：长大后才发现我生活在大海

会有风，会有雨，这是一个善与恶并存的社会，

我希望你始终能朝着光亮的方向走下去。

－为什么要让自己难过

－别熬夜成瘾，然后把"忙"挂在嘴边

－看你一本正经说话的样子就知道你是骗子

－第一次去酒吧吗？发什么朋友圈啊！

－你的善良一定要用在对的地方

－有些人情差不多就得了

－站在高处，自然会有人往你脸上贴金

－贫穷与我的品位无关

为什么要让自己难过

姑娘，别总是因为别人让自己不好受，你凭什么让自己不好受呢？

1. 过于迁就别人

一个朋友因为同事不认同自己的工作思路，在合作上起了冲突。她是个娇小玲珑的女生，隔着电话我都能感觉得到她那稀里哗啦的眼泪浸透了我。

她拼命自责的小情绪让我抓狂，可这姑娘根本停不下来。

事情最后的结果不是我满意的，也在我意料之中。她并没有保持强悍，而是立马低头，把所有责任都往自己身上揽，还道歉说自己的想法不够细致入微，于是把合作的点子抛到了脑后。可我觉得她的点子是具有包容性的，在许多方面都派得上用场。但她坚持换掉这个方案，让我很不能接受。

我没有责备她，随她所愿，心里舒坦就好。善良是她二十多年不变的本质，我也不能要求她维护自己多一些，可总迁就别人、不拿自己当回事的人是傻子吧。

歌词里有句话：做一个傻子多么好。

可那仅仅是对待爱人，不是周围的人都值得你用一切去爱。

姑娘，不要因为迁就别人而总委屈了自己，好吗？

2．不被理解时总选择接受

身边也有性格很要强的朋友，而性格比较软弱的，往往会吃大亏。

在处理许多琐事时，我们总会因为别人的不理解而放弃自己原有的想法，也总爱在意别人的目光，没有主见。

说说我朋友小 D 的表演课老师吧。小 D 对他很反感，并得知班上许多同学都说过他讨嫌。

　　要知道，当一个老师被学生厌恶，这将多么可怕，上课无感无力，成绩会下降。

　　小 D 一直都算是一个比较听话的学生，但对于本学期老师各种奇奇怪怪的想法，以及对许多同学的思想灌输，小 D 是特别不理解的。那位老师喜欢强行将自己的想法施加到别人身上，以至于现在整个班的气氛一到上表演课就变得死气沉沉。

　　有一节表演课，我跟着小 D 去听了，那位老师说的一番话让我觉得非常可笑。他说自己是表演出身，对于表演的概念非常清楚，他需要告诉学生什么是什么，什么不是什么。可我很疑惑，什么叫表演出身？你一生下来就会演戏吗？或者说，你是演员世家？

　　作为一个老师，我觉得他不应该直接告诉我们这东西是什么，也不要用所谓的概念来阐述表演，我更喜欢老师让我们去实践，让我们自己认识表演本身，而不是来面对一个心急如焚的老师在课堂上呵斥这个不对，那个不好，要这样演，别那样演。别说小 D 了，是我也会崩溃！

　　当然，这个时候就有许多同学选择面对与接受，抛开自己原有的想法，跟着老师走，很显然，他们会因情绪被牵扯而继续无力。

3. 不懂拒绝别人

跟大学同桌谈论过这个问题，我总是在朋友请求帮忙的时候不懂得如何推掉，也不会多说什么。偶尔帮下忙真的没什么，可在自己太累的时候推掉，相信别人也是可以理解的。

我是个挺好说话的人，不会因为这种小事跟朋友起什么不好的争执，但最近我看到这样一件事，发觉自己跟当事人挺像的。

事情是这样的。一个摄影师给一个女大学生推荐闺蜜艺术写真，对于一个家境一般的女大学生，为拍照拿出一两千块不是很容易的，而且该大学生并没有太大的兴趣，在她看来，花一两千块拍照还不如买生活用品来得实际。摄影师在各种劝导无果之后使出了撒手锏，说可以分期付款，最后女大学生竟然答应了，交了押金。事后，她后悔了。

她上门索取自己的押金，说不拍照了，要取消。当时我是很吃惊的，我也遇到过类似的反悔，因为不懂得拒绝别人而被强买强卖，总是忍气吞声，从没做过上门索取押金的事情。

说到底还是自己没有主见，是不懂拒绝造成的。

4. 你才是最了解自己的人

一般来说，我对事不对人，我不会因为一件事该有的原则而弃事实于不顾。规则都是死的，是人让这东西活了起来，没有人的存在，还谈什么规则。

我从来没有忘记自己才是最了解自己的人，也不想因为外界的因素而抛开自己原有的想法。不是固执，是处于最了解自己这个角度，让自己多一些满足。

有一天排练，有个朋友因为任务过大，承受不住压力而哭了起来。在我看来，其实那件事并没有太大的问题，我不希望她给自己施压，很突然地说了一句："你才是最了解自己的人啊。"

我不喜欢安慰人，心情不好的时候，身边的朋友都会晾着我，不追问我怎么了，因为他们知道，我闹情绪很快就过去了，缓缓就好了。

但也不是所有人都适应这种方式，高中有个朋友说过，她不高兴的时候希望别人可以来安慰她，在众多呵护与安慰下，她会好受些，才不会觉得那么孤独。可我不一样，我哭得稀里哗啦的时候，要是有人安慰我，我会崩溃的。

爱流眼泪吗？谁叫我们是姑娘呢？

那么，姑娘，别总是因为别人让自己不好受，你凭什么让自己不好受呢？

别熬夜成瘾，然后把"忙"挂在嘴边

少熬点夜，多活几年。

昨晚，跟一位初中老朋友聊天，得知我经常熬夜后，他发了这么几句话给我：

"别熬夜了。"

"我不想看到你英年早逝。"

"你现在熬的夜，花的是以后的时间。"

我看着屏幕，迟疑了两秒，是的，他说得很对，我们现在熬的夜，都是用着以后的时间。见我没回，他爆了几个粗口给我，让我哭笑不得，毒舌中带着浓浓的关心。

说句一点都不夸张的话，若十二点之前算早睡的话，这几年里，我只试过一天，其余时间都在十二点半至两点之间才睡，到了周末，直接就是通宵了，第二天宅着不出门，点三份外卖吃。

　　有一回，几位朋友来住所找我，看到我桌上的咖啡，便叮嘱我早点休息，养好精神面对第二天的课程，反问了一句："你也没试过早睡吧？还说我呢。"

　　我们两人傻不拉几地笑起来，于是几位朋友一起聊了自己睡觉的时间点，越聊越起劲，好像谁越晚睡谁越厉害似的。

　　我特别不解，熬夜什么时候成了厉害了，好像许多人都爱以熬夜为荣，以通宵为榜，说自己在忙这个忙那个。

　　熬夜成瘾，很厉害吗？

　　朋友问我最近又通宵，到底在做什么，我说："这段时间我确实在忙些事情，与编辑整理新书的稿子，以及带签好的模特们进棚拍摄，后期处理全程跟踪，我熬夜成瘾戒不掉了，不过幸好，终于在昨天，所有事情几乎都告一段落，剩下新书的序没写，以及后期编辑那边版面设计的讨论。"

　　数数，我都忘了自己通宵多少天了，甚至试过早上八点才睡，每天都睡到下午一点左右，很晚才起来，连一日三餐也是颠倒的。

因为熬夜，我总会头痛，跟编辑提及过的新书想法总以为自己没说，絮絮叨叨地又重复了好几遍，整个人都恍恍惚惚的。昨天中午十二点左右，我饿醒了，睡眼蒙眬，眯着眼睛走出大厅，父亲停下手中的报纸看着我，说："在学校的时候，周末也睡到中午才起来吗？"

我回应他说："是的。"

生怕他追问我几点睡的，只见他拿起报纸，皱了皱眉头，说："以后早点休息，早睡早起，别再熬夜了。"

是啊，就算我不说，他也知道我晚上对着电脑到深夜吧，他的话里没有责备，更多的是心疼，于是我连忙点头，在心里默念：好的，之后尽量争取凌晨两点之前。

下一秒，我狠狠地掐了自己一把，两点？这也太晚了。想想，自己熬夜的时候都在写稿子吗？不禁冷笑，这话说得连我自己都不信。

总是玩了一个通宵，然后说："我很忙。"

听我家阿真说过，她寝室有个姑娘，说那天晚上要背歌词，没背好就不睡觉。第二天早上起来，阿真看到她还在书桌前，端了一杯热水给她,问道:"你一晚上都没睡啊,歌词背得怎么样了?"

室友傻笑了一会儿,顶着两个黑眼圈看着阿真,说:"没背会,我昨晚刷淘宝去了。"

阿真:"……"

说实话,以前我并不是很在意熬夜给我带来的伤害,总觉得写作这种事只有晚上才合适,灵感泉水一样冒出来了,管它几点睡呢,第二天补觉就得了,可最近我才发现,原来熬夜也会上瘾,它就像吸毒一样,上瘾程度你难以想象,你以为自己一晚上都在忙正经事儿,其实有时候打岔了,你就干其他事儿去了,比如聊天、看剧、刷淘宝、刷微博。

而一打岔就是一夜,这一夜你只干了两件事:伤害自己,无关紧要的破事儿。

你可以很忙,但不要瞎忙。

既然这种交换不划算,就改掉吧,少熬点夜,多活几年。

看你一本正经说话的样子就知道你是骗子

我真心不喜欢别人撒谎、吹牛。

前几天有人找我推销产品，是减肥药！我这种瘦得可以飘起来的人，你竟然向我推销减肥药？！

这人就是个骗子，加我时喊了句Githa，附文字："我是沙子！"

我无言以对。我读者中可没卖减肥药的，还自称有五年工作经验的 36 岁男士！

他说："我是通过公众号联系你的，觉得你应该适合。"

这话我看着就不高兴了，我这种还在底层混的人，产品广告还没接到你就来给我推销让我掏钱？肯定是其他大号都不理的人在我这自作聪明!

再说了，我适合？那他肯定是没认真看我的文，哪篇哪行哪列哪句话我有说自己胖了需要减肥药？！

看他打过来一连串的推销语，条条框框，规规矩矩，朋友画画生怕我下一秒会被他带走了，我边吃着面边看着手机屏幕，对画画说："你帮我回几个字吧，一针见血的那种。"

过了一会儿，画画说："他把你删了。"

这倒好，不碍事儿了，我边洗碗边哼起曲来了，缓过神来，追问："你跟他说什么了？"

画画说："我跟他说你30公斤。"

话音刚落，我的碗差点贴地上去了……

一天下午，我到布林的店里，看她正剪着指甲，手机通话开着扬声器，电话那头一男子没完没了地"放鞭炮"。我放下顺路帮她买的冰棍正准备走，听见电话里有人追问："小姐，小姐，你还在听吗？"

她终于应了句话，却不见得是好话，她说："叫什么小姐，叫我老板！"

我在一旁笑得肚子都疼了，我说这话怎么听着那么耳熟呢。

电话那头的人恢复状态，嘴巴简直就是鞭炮附体，叽里呱啦。

布林就爱接了电话不搭理人，让他使劲说，然后回一句"好的"，等他说完之后再挂掉。

我常说她，别这样捉弄人，她这种刀子嘴却不是豆腐心的人总这么嚣张。这次她是等卖保险的人说完之后才回句厉害话："对不起，我没钱！"

然后恶狠狠地挂了电话，开启自己这个大夏天的冰棍历程。

还自言自语："整天都是推销产品，不见得谁来帮衬我的衣服，真烦！这种骗子都不知道怎么活下来的，嘴里念着人话，心里想着瓜分我的钞票！今天保险，明天手机，讲得倒是正儿八经的，死骗子！"

之前她被骗过，付款花了大钱，什么都没有，以至于少了一份豆腐心，留一蛇蝎心肠保护自己。

有一次我在录音室帮一位大四学生做伴奏，他一直在唠叨，左一句右一句，又时而走过去摸摸墙上挂着的吉他。他说自己学过音乐制作，只是刚好当天没空才过来叫我做，还一本正经地说，弄伴奏这种活儿对他来说都是小事情，后面还有一堆喷口水的话我没听清。这人倒是怪了，不知道我戴着耳机在听着音乐给他弄吗？

　　差不多行了，我问他要不要试一下调，不合适可以再升降。他让我放给他听，听到副歌的时候，他说可以升一个调，会更有力量一些，听他唱高音还算轻松，我就照着做了。

　　弄好之后发现他唱高音那句延长不了太久，没气息，跟刚刚还是有区别的，但音色更凸显了，我说："升了一个调，我建议变一下速比较好。"

　　这时他说："变速是什么？"

　　我蒙了，我说："怎么说呢，说白了就是歌曲的速度变换，这样你的高音可以不用拖太长，气息充足，收尾会好些。"

　　解释完，我发现他的小眼神里透露出无限尴尬，那张慌张的脸让我明白，原来这人方才那番话就是在胡说八道，我也深感好奇，他是学什么专业的？不过这不重要，用广东话说就是"车大炮"。

　　换作是我另一位伙伴，一定会当场不给他面子，说："你刚刚不是说你自己是学音乐制作的吗？"

　　若是事实，你说多少我都爱听，但我真心不喜欢别人撒谎、吹牛。这种自欺欺人的骗子，也只会一本正经地胡说八道了……

第一次去酒吧吗？发什么朋友圈啊！

酒吧聚光灯下玩起了艺术写真。

朋友酸枣的生日，说要请大家去玩，有一场是去酒吧，一个闹吧，人山人海，我是比较喜欢安静的，进去有点受不了那种鱼龙混杂的感觉，我没用错词，真的是什么人都有。

阿煌开的酒吧是清吧、闹吧分时段转场，一般我都是喜欢清吧多一些，悦耳悦目，驻唱者溜几声好嗓，我也能捞着玩弄个乐器的机会，而闹吧里我简直是多一分钟都不想待下去，但当天是酸枣的生日，我不想扫兴，就到她订的位置坐下了。

有几位朋友因为跳舞嗨得昏了头，也累了，便随我坐下了。过了一会儿，一个抽着烟的男人对我们指手画脚。音乐太大声，他说什么我们都听不见。有一位朋友说："我们是坐错位置了吗？这沙发是他订的？"

　　我看了看沙发号，说："错不了。"

　　另一位朋友在我耳边说："别管他，一脸猥琐，都不知道他刚刚说什么。"

　　朋友刚说完，那男人拿起手机拍我们这个方向，又大摇大摆地走近我们，态度很差："我说你们可以让让吗？刚刚我说了没听见吗？你们挡到我拍这个七彩的花球了！"

　　嚷着叫我们走开就是为了要拍这个花球？！这人没见过花球吗？我真是想对他说句粗口。直到我看见他在拍小视频发朋友圈，我更想骂人了，第一次来酒吧吗？发什么朋友圈啊？！我们几个的白眼快要翻到酒吧二楼去了。

　　好紧张，第一次来酒吧。

　　"你第一次去酒吧吗？发什么朋友圈？！"起初这句话是我表演专业的任课老师说的，他是我大学的班主任，到现在我也还没把握住他当时说这句话的语气，原谅我们全班人笑点真的太低。

事情是这样的，有一天晚上的班会，他站在讲台上当着全班人的面追问一位男同学："你第一次去酒吧吗？"

同学一脸蒙圈，回问了一句："什么时候？"

老师："就这个周末。"

同学："不是啊，我那是……"

还没等他说完，班主任就嚷了句："那你发什么朋友圈！"

全班大笑起来，老师大概觉得学生去酒吧不要太张扬吧，并没有别的意思。

也因为这个调侃，班里有许多人就开始闹，每次去酒吧都故意走队形、拍小视频、发朋友圈、@班主任还配话："好紧张啊，第一次来酒吧。"

故意调侃发给老师看的朋友圈都是闹着玩的，让我哭笑不得。

酒吧聚光灯下玩起了艺术写真。

最近我发现，我的朋友圈也出现了很多这种人，去个酒吧还要拍小视频，还没完没了，一发就刷起屏来，七八个小视频走队形，红光紫光黄光，一会儿又大腿胸屁股的直播，我还真不太喜欢，求你删了我吧。

细看，这人我没有备注，不晓得是哪位，这种常年刷酒吧屏的奇葩就是缺人管教。不过看演唱会刷屏我还是能理解的。

印象中，之前有位朋友去看 BigBang 的演唱会，担心大家受不了，提前说了句："今晚要刷屏，抱歉了各位，别删我！"

没关系没关系，这种有礼貌的好人我就是喜欢，管你发的是什么，照样喜欢！

并不是我自己太过苛刻。之前有一群伙伴聊天时也说过这事儿，看来还是有统一想法的人啊！又不是你家的酒吧，你怎么搞的好像出去拍外景似的，有些人竟然还在酒吧聚光灯下玩起了艺术写真，叫周围的人都给他让开一下，好完成他朋友圈的九宫格，真是竭尽全力。

亲爱的，这场地还不错吧，租金都免了。

是不是难得出来玩，花了钱要留点儿收获，不想搞的好像理发店似的，剪了头发留下东西还要给钱！

不知道你们朋友圈里有没有这种人，但是我的天啊，我就是受不了想抱怨一下，去个酒吧就使劲刷屏，各种露肉分享无下限！

这种人啊，我求你们删了我吧！

我也深感好奇，你为什么还没被拖出去？

我家阿煌是开酒吧的，都还没做这种狂发小视频、刷屏晒写真的事儿呢，一大男人去个酒吧还跑去拍舞者的大腿、屁股！

我知道你闲，别再侮辱我的眼睛了。到此为止吧，我累了。

可能有人会不服气，说酒吧里的那些女人穿得那么少还不让拍了？但是大哥，你的微信朋友圈里并不是一群酒吧工作者吧。

那些还在朋友圈趁热打铁做赛后点评的人啊！

拍你的小视频发朋友圈还叫我从座位上让开的人啊！

在酒吧聚光灯下玩艺术写真的人啊！

你第一次去酒吧吗？

发什么朋友圈啊？！

你的(善良)一定要用在对的地方

学会运用善良，不是要变得冷血，而是去关注更多的冷暖。

老王开摩托车进车房时总会习惯性地让出点儿位置，为了方便别人不用挪车挪得太辛苦，毕竟是三四百斤的机动车，不是小电动车。

有一天晚上，一位中年妇女推着车进去，当时我跟老王都在车房里。

她的语气有点凶，对老王说："（粤语）你让咁大嘅位置做咩，我停唔到咁挨近，到时候迟点会有个女嘅回来，又要移我嘅车，我最憎人碰我嘅车（你让那么大的位置干什么，我停不了那么近，到时候晚点会有个女的回来，又要移我的车，我很讨厌别人碰我的车）。"

她的车是一辆还挺新的小电动车，她不是挨近不了，只是不想挨。

老王说："噉嘅话，人哋冇地方停，位置系啱啱好嘅（这样的话，别人没有地方停，位置是刚刚好的）。"

他打算锁好车走，中年妇女继续唠叨了一句："冇就冇，关我乜事（没有就没有，关我什么事）。"

就是因为有太多这种人，我们晚上回来才总没地方停车，两个人一起挪着其他车，时不时碰到可怕的防盗铃声都要耳聋了。

离开车房后我对老王说："这样对比好明显，突然觉得我们还是好善良，好好人的，每次都让开位置给别人。"

老王一脸坏笑，说："是吗？虽然说我善良，但我还是不敢扶老人过马路的。"

我笑趴。

前段时间在长沙，我一个人逛超市。那间超市有卖冰冻水果，水果专区的销售员提前将水果切好，放进一个个大盒里，冰箱还挺大的，放了很多种水果。

许多人捧着一次性包装盒在挑，有个男生盛得很满，正要端过去付款的时候，被两个拉拉扯扯的小孩儿撞了一下，上面一层的芒果掉到地上了。男生单手拿着自己那盒水果，一只手搭在其中一个小孩的头上。

说："好了，别闹了别闹了，碰掉了，好浪费的。"

小孩儿抬头看了一下，说："哥哥，对不起。"

这时，销售员跑出来，一只手拽着一个小孩儿，一只手捏着另一个小孩儿的脸，力度定是很大，小孩儿哭了起来，男生以为销售员就是孩子的家长，没有多说什么。

直到销售员开始破口大骂，说："弄掉了给我舔干净，然后叫你家长来给钱。"

男生有点儿生气，说："就掉了几块芒果而已，多给你两块钱咯。"

随后他将手上的水果递给销售员，说："称一下多少钱。"

销售员一脸不屑，说："这两个小孩儿整天都在这里乱窜……"

没等销售员说完，男生吼了一句："我叫你帮我称下多少钱？！"

这句话说得挺大声，震慑住了销售员。那一声，让我觉得特帅气，是的，他很善良，把温柔的一面给了小孩儿，但他也是有脾气的人。

销售员：“七块五。”

男生从钱包里拿出十块钱，说：“不用找了。”

男生走出门的时候把水果送给那两个小孩儿，跟同伴说了句：“以后不要来这种人店里买东西了。”

让我想起之前在另外一家卖冰冻水果的超市里，一位销售员看到顾客不小心把水果弄掉在了地上，马上提醒周围的人注意点儿，她很快来收拾，收拾完后还表示小心路滑，这对比让我好生感慨。

如果你不懂得运用善良，你就会同情心泛滥。

有一次，看到一个卖烤饼的阿伯被四五个学校领导骂，说他摆摊影响车辆出入。

挪摊位的时候丢了些生意，他望着那些走掉的客人，那熟悉的眼神我不敢回想。

那是我第一次买他的烤饼，他边做饼，边自言自语：“现在家家户户都有钱买得起小车了。”我听着心里咯噔一下。我接过饼，把钱放在他的小铁盒里，说了句粤语直译的“好生意”。

我也不管阿伯有没有听懂我的意思是“生意兴隆”，只是觉得三个字比较亲切，随口而出。

之后，我连续四个月在阿伯那买烤饼，有时候即使身上没现金，只要看到那个熟悉的摊位，我都会问朋友要两块钱过去买。

他卖得比任何一个摊位都要便宜，梅菜烤饼都要四块了，他依然卖两块钱，我生怕他不挣钱。不过，不管刮风下雨他都坚持摆摊。

有一次，我没带钱，还下着雨，我一个人搬着音响特不方便，但他已经看到我了，于是我朝他走过去，说，来个饼，我先去买个东西，一会儿来拿。

我跑去隔壁商店提现，最后把钱放进他的小铁盒里时，心里燃起莫名的喜悦。

每次看到我他都很高兴，我已经成了熟客。也是因为这个烤饼摊位，我养成了习惯——每天带两块零钱。

这段时间他回老家了，走之前还特意叮嘱我不要瞎找他的摊位，要回去一段时间，有点久。

这种因为同情心泛滥让我下定决心做的事不在少数，什么时候贫富差距缩小些，就不会有那么多因同情而去做的事情了。

关于善良，我也遇到了难题。

现在街上总是会有许多乞讨者，也不知道是真的还是假的，每每面对这些乞讨者，我有个同伴总是不以为然，说："总是见到这群要饭的。"

她并不是没有同情心，而是因为经历过两次被乞讨者推倒在地要钱，说白点儿，这不是乞讨了吧，这是抢劫。

有一堂表演课，任课老师带着我们上大街，叫我们去观察人物，回到集合地点后分析和模仿，并且想出一个小品。

有一位同学去观察乞讨者，回到集合地点后，她说，那些乞讨者根本就不是没钱，他们只是不想用劳动去换取金钱，想单凭伸手乞讨得到自己想要的，真不知害臊，人家不给他还死缠烂打，没完没了。身上的衣服也特别干净，我还见到他们一群乞讨者换身衣服去饭馆吃饭呢。

相比伸手乞讨，我更喜欢街头卖艺的人，可能是由于自己也跟阿煌一块儿耍过的缘故吧，带上一把电子琴和一款麦架，不得不说，好玩。

街头卖艺与空手向路人要钱是不一样的，我见过一位街头卖艺的女生被乞讨者抢了吉他袋里的钱，周围的路人上前帮忙，不料乞讨者却把钱放进贴身的衣服里，路人没办法，最后乞讨者跑掉了。

卖艺者显得很无助，之后发生的一幕让我记忆深刻，一群路人自己掏钱放进吉他袋里，女生为了表示感谢，那天唱了很久的歌。

我让自己成了一个时刻警惕的人，虽说不上阅人无数，但也见过形形色色的人，就是因为有太多这种人了，我发现自己的善良好像不会用了。

许多人无辜受牵连，我们很难辨别，到底是真情实意、被逼无奈而落魄至此，还是为了扰乱我们的视线故弄玄虚？面对乞讨，有时候真的不知道给或是不给，给了之后你会遇到每天同一时间同一地点拽着你要钱的，我也穷啊大爷，你可怜可怜我啊，你也给我点钱吧，小心我抢你碗里的钱。

我曾怀疑过"这世界上还是好人占多数"是否还存在，毕竟人心叵测。

我会因为同情心而影响情绪，我开始想要改掉这个非常严重的问题，学会运用善良，不是要变得冷血，而是去关注更多的冷暖。

亲爱的，不要因为同情心作祟而无病呻吟，你的善良一定要用在对的地方。

有些人情差不多就得了

我还饿着肚子呢，哪有那么多肉给你吃。

我向来不愿欠别人什么，以致养成比较孤僻的性格。我始终觉得，能咬着牙自己解决的事儿，就没必要轻松了自己让别人帮忙。

也有些主动说要帮我的朋友，帮完之后，我满脑子都想着要怎么还这个人情，毕竟，有些人情是还不完的。昨天，听完朋友小一的倾诉，才发现，人情真是一份没完没了的债。

小一有急事回老家，不得已找朋友借了七百块钱，说这个月回去就还给他。小一很少向别人求助，不到迫不得已都不会向别人借钱，没想到这一借，给自己惹来了一堆烦心事儿。

小一从老家回到自己的工作室时，发现朋友和女友睡在沙发上，为了避免尴尬，他走到外面给朋友打了个电话，朋友接了电话才急匆匆地走出来。

小一："你俩怎么睡这儿了？"

朋友："我骗她说这工作室是我开的，你帮帮忙，给我点儿面子，你先不回去好吧？"

小一："那我去哪儿？我还有一堆稿子没写啊，很多资料在里面。"

朋友："你要什么我给你拿出来，她还要在这儿待两天，你帮帮我好吧？"

小一："去住酒店啊，睡工作室的沙发，不怕得颈椎病啊？"

朋友："没事儿没事儿，她喜欢。"

小一无言以对，心想着，自己没钱时朋友借钱给他，这份人情还没还上呢，于心不忍，就当帮个忙呗，点了点头，答应了朋友的请求。

第二天，小一来取资料的时候，发现自己放在电脑桌旁的仙人掌不见了，他着急得像一个迷路的小朋友。

大概是追问仙人掌时语气重了些，被朋友呵斥道："你没钱买车票回家我都愿意借钱给你，一盆仙人掌而已，女朋友不小心摔了，又不是故意的，回头给你买就是了，至于那么慌慌张张的吗？"

那盆仙人掌是小一前女友送给他的。若我在场，真想踹那人几脚，就你有女朋友？借你七百块而已，还要不要还了！

小一满脑子都想着自己借了朋友的七百块。他二话不说从钱包里掏出七百块给朋友，说："昨天就想给你了，我不欠你什么了，带你女朋友离开我工作室吧。"

朋友急坏了，觉得小一不给自己留脸，都已经扯出谎了，总要圆好这个谎吧。平静下来后，他再次向小一发出请求："就看在我借过钱给你的分上，帮帮我行吗？"

小一说到这儿的时候我喊停了，好一句"借过钱给你的分上"，我一点儿都不想知道那男的要怎么跟自己女朋友解释，我心里只有一个想法：既然不是你的工作室，装什么呢？七百块买一个工作室？你有病吧？

小一和朋友的不欢而散并没有让我觉得可惜，这种朋友本来就不值得深交，若一个人会因为七百块就得寸进尺，那接下来你面临的将是八百块招来的大麻烦，九百块惹来的祸……

我突然想起住在 23 号街区的陈阿姨，过去，我经常跟她一起去市场买菜，路上会闲聊几句，得知她在玩具店做销售时认识一位游泳教练，想到自己的小孩子也喜欢游泳，便给孩子报了名，教练还给了陈阿姨一个友情价。

每天教练都会花较多的时间教陈阿姨的孩子。陈阿姨非常不好意思，便自己掏钱买了些玩具给教练两岁多的小孩子。每个礼拜去的时候，陈阿姨都会带上一份小礼物，久而久之，教练收玩具也收得挺心安理得。

一次，陈阿姨没有带小礼物，教练竟显得有点儿不乐意。陈阿姨刚来，教练便叫她的孩子下课，少了往常的亲切和耐心。

也许我们会遇到形形色色的人，哪天你请人帮一个小忙，他就会得寸进尺，总想着你会加倍回报给他。

还有些人，总喜欢自作主张帮助别人，闲来无事就随口来一句：

"我上次都帮你，你竟然不帮我？"

"你也太不够意思了吧，枉我之前帮你做了那么多。"

"真小气，我之前帮过你那么多次。"

有时候我们并不是不想帮他，只会因为别的事情耽误了，又会听到一堆埋怨。

朋友啊，你不能拿着上辈子的人情跟我讨今生的债啊。

人情就是没完没了的债，不是每个人都会怀着好意来帮助你，有的人就像狡猾的狐狸，揣着一口面包换一顿大鱼大肉的念想，真是可笑至极。

这种人情凑合着还吧，差不多就得了，我还饿着肚子呢，哪有那么多肉给你吃。

站在高处，自然会有人往你脸上贴金

你不把自己逼到一个昏暗处，都不会晓得真正为你举着灯的是哪些人。

有位朋友从韩国回来了。四年前，她为了出国当练习生，初中一毕业就嚷着要去，高中也不念了，家里花了不少钱才把她弄出去。四年后的今天，她把腿摔断了，选择回国静养。

一同出国当练习生的朋友早早在社交软件上公开此事，她回国的消息在好友圈内传得沸沸扬扬。在国外跟她最要好的朋友小裘，同样也在她回国事件上添油加醋，完全没有把她当成受伤的人。一来，也许觉得除掉了一个竞争对手，二来，队里走了一个最优秀的人，自己便是最好的人选。

今天上午，我去看她。她母亲指着远处轮椅上的人对我说："她又在那儿看别人游泳。"

走向她的同时，只见她已经瘦得可怜了。

她一个人在小区的泳池附近，看着别人游泳，仿佛在怀念着什么。为了避免她萌生绝望的念头，也不希望她觉得自己这辈子都没法用这双脚了，我便推她去花园里散心。

她说大家好像对她很失望，说她回国害了大家，我一时之间不知道要怎么回应这个问题，又不忍说破。

想想都心寒。

听她提过，她在国外的时候成绩不错，舞蹈时动作很快能记住，朋友每天都会把她捧在手心里，请求教示范。

而现在她出事了，可以说是跌入谷底，连上台的机会也痛失了，每个人都转变得飞快，就好像当初拼命往她脸上贴金的人不是她们，甚至还责备她病恹恹的现状。

原来，人真的可以如此冷酷无情。

我有一个音乐制作交流群，里面集聚了许多音乐制作人，是某知名制作人创建的。为了方便大家学习，这里就作为一个交流平台，大家有什么不懂可以提问，也可以将自己的作品发出来跟大家分享，好的作品会被制作人选走，放到指定的网站。

好友做原创音乐已有些年头，推荐我进群的时候，我是第137位，现在群里已经有483位成员了。其间来来往往，我发现一个特点：只要是知名制作人拉进来的人，群里的小伙伴就会组队"欢迎"；若是群主拉进来的，受欢迎的程度简直是刷屏的节奏；而一些默默无闻的学者拉进来的人，群里没有一丝动静，别说问候语了，有时候提问都没有人搭理。

有一回，我翻聊天记录看到这一幕：群里几位老生在聊歌曲变速，一位刚进来不久的新人问了一个关于录音时的伴奏音量调节的问题，没有人理他。

他们不是不晓得，而是懒得搭理，眼看已经过去了四十分钟，他们依旧滔滔不绝，无视上面那位新人问的问题，于是，我@了那位新人，简单地一两句话解说完毕。看到消息后，他万分感谢，随后加了我的微信，还发给我一个红包。

那天，他隔着手机屏幕说了好几个"谢谢"，我仿佛感觉到他无法平静。你觉得不过举手之劳的事，对他来说，是莫大的帮助。

也许在那一群人眼中，他是井底之蛙，连天空多大都不知道的小人物，就别花时间去搭理了。他们只看重站在高处的人，井底之蛙哪有被搭理的份？

几个月前，蔷薇签了一本书，于上周四上市了，我还挺喜欢的，也买了。她不是特别火，但故事写得真好。

一个千年没聊过一回、万年没见过一次的朋友得知她出了一本书，惊呆了，跑过来问东问西，一惊一乍的模样真令人生厌。那位朋友说："天啊蔷薇，原来你是个大作家啊，真是太棒了，身边有一位大作家朋友真是值了，好有面子啊。"

这番话被蔷薇学得有模有样。据说，那人还把蔷薇的新书封面拿去发朋友圈了，附文字："这是我最好的朋友哦，她出了新书哦，大家要买可以找我哦。"

蔷薇跟我说这事儿的时候我在吃水果，差点喷她脸上。

这辈子，我听说过伪军、伪钞、伪娘、伪男、伪善、伪证，原来还有伪友啊，这下真是长见识了。蔷薇的伪友之所以这样，就因为她出了一本书。在伪友眼中这是一件非常引以为傲的事情，于是拼命往蔷薇的边上贴，各种卖乖，各种马屁使劲拍。

蔷薇开了个玩笑，说："这伪友的眼光原来这么短浅，真是没见过世面。"

是啊，当你足够优秀，站在一定的高度，自然而然会有人围过来拥护你，一个劲儿往你脸上贴金，可你要记得，这些人，都不是真朋友。

不得不说，伪友是当一个人站在高处后看到过的最好笑的衍生品。

前段时间看节目，喜欢上一位选秀者，她获得了三位导师的认可，性格还不错，平易近人，在镜头面前很自然，风格鲜明，唱歌的技巧满分、不花哨。

当天晚上，我跟朋友提子出去撸串儿。提子还带了另外两个朋友，其中一位朋友一坐下就开聊。她说的是这届歌曲选秀节目的学员，刚一开头我朋友就受不了了："我的妈呀，你今天都讲几遍了？不就是你表姐的同学的妹妹晋级了嘛！"

表姐的同学的妹妹！这关系转得我头昏脑涨，所以呢？这大老远的关系有什么好说的？但这位朋友一直叽里呱啦说个不停：

"我表姐的同学的妹妹我真的见过，吃过一顿饭，碰过两回面，算是关系匪浅了吧。"

好一个关系匪浅啊！

她说的就是我喜欢的那位学员，于是我才有听下去的兴趣。

这时，提子又发声了："吃饭是几百年前的事儿吧，那时候你还嫌人家长得奇怪来着……"提子还没说完就被她朋友打断了。我知道提子是在讽刺她，而她朋友也没在意提子的吐槽，继续自卖自夸，聊着与这位女学员的"关系匪浅"！

这种人就是看见人家上电视了，就拼命往人家脸上贴金，各种拥护爱戴的招数都使出来，一点小小的关系四处蹭，东拉西扯，没完没了。

说真的，别人生与死都跟你没多大的关系，更别说参加个节目了。

为了沾这丝小小的光，大老远的关系都说成了情同手足。

说到荧屏，这让我想起某位演员。还没红的时候接的都是配角，就只是一个三四线的艺人吧，许多人都捧着女一号，说她多美多美，对这位配角没什么感觉，觉得长得也一般。

后来女一号被爆出许多负面消息，许多人粉转路，再或者粉转黑，而一直努力接戏的女配角慢慢红起来，之前的一群路人就跑出来嚷嚷："哎呀，这是我最喜欢的演员，我喜欢她好多好多年了，从零几年我就看她演戏了，那时候就觉得她演技不错，实力派来着。"

而那句所谓的"喜欢她好多好多年"，实际只是这位演员跻身一线后的转变。

人，就是这么现实。

你不把自己逼到一个昏暗处，都不会晓得真正为你举着灯的是哪些人。

你站在高处，自然会有人争先恐后地跑过来往你脸上贴金。要是哪天你跌入谷底，他们就会说：

"天啊，我以前怎么会跟这种人做朋友！"

"天啊，我以前真是瞎了眼看上这个艺人！"

"天啊，我以前怎么会喜欢看这人演的戏！"

因为人向来都善变。

晚安，愿你做一个简简单单举着灯的人。

⬭贫穷⬮与我的品位无关

我们贫穷却充实着、快乐着，也因贫穷而脚踏实地。

我曾查过"贫穷"这个词的意思：欲望得不到满足。

而让我笑了好久的是反义词：富贵。这解析真是带点讽刺。
2013 年，我的朋友米朵用自己的第二份薪水买了一个过季的大红
色 Calvin Klein 包，我觉得还挺好看的。姑娘嘛，偶尔待自己好
点儿就当补点营养。这款包包正合她意，她也很喜欢，虽然是过
季的款，但韵味依旧，何况品牌公司推新商品总是按计划行事，
到时间就上，于是她买得还挺值的。

她的邻居是某品牌的设计人员，长发及腰，整天晃来晃去，

总串门聊自己的事业史。邻居看见她背着这么一个包包,不禁调侃:

"哟,下得了手呀,你家不是穷着呢吗?你爸还在地里干活儿,你就买得起这种名牌包了呀?"

"我第一个月的工资都给家里了,第二个月自己花花没什么问题。"

她非常不高兴,邻居离开之后打了一通电话给我,从头到尾说了这件事。我最受不了那种看别人穿好看一点打扮好一点就卖酸的人,还说啥"哟,宝宝你好有钱呀"。当时我并没有回应,因为词穷,只好泼妇骂街,安抚她的小心灵。

我说:"你花她钱了?还是剪她那一米长发卖钱去了,碍她什么事儿呢?"

看过一个关于花钱的问题,有人追问:"为何我花钱会花得好心疼?"

网友不知是有心还是无心,一本正经地回答:"心不心疼要看钱的来源,如果你赌博赢了钱或者在路上捡了钱,花起来就不会心疼;反之,若你一个月累死累活挣回来的血汗钱,花多了肯定会心疼的。"

这样的问题都能让他举一反三,这种带有强烈安慰嫌疑的网友真是长了心，像我这种没心没肺的，只能不由自主打上一句："因为你穷。"

也是出乎意料，当晚上了热评，该网友私信我："原来你是个作者，你这个喷子，果然，我真的好穷啊，刚刚花钱是买了《英雄联盟》的一个装备。"

对于这种在游戏上充钱的事，虽然我也做过，但我不得不一本正经地再喷喷他："活该你花钱心疼。"之后还是觉得于心不忍，又跟他说，"玩游戏是一种兴趣，偶尔给游戏充下钱买个啥没关系，日子还是要过的，别严重沉迷于游戏就好，偶尔玩玩，别过火，发了工资给你妈点。"

他伤心郁闷地去睡了，或是去玩那个让他花着钱心疼的游戏了，第二天他看到私信后，把我粉了，还回了封私信，说了句谢谢。

真正点亮我的那句话，是从 THree 口中说出来的。

过年期间的某一天，我们一起逛街，我看到需要买的生活用品，问："买哪个好呢，看着都挺喜欢的。"

"有钱人都是买买买！哪需要挑！"

一句话把我堵得直往一边倒。

"别这样。我这是拿不定主意，快给我选。"

在路上遇到朋友，都说我们几个很会打扮，穿得光鲜亮丽的。

打完招呼离开后，THree 说："只是穿着整齐，没有很光鲜亮丽吧，这也不是品牌。"

是打扮得比较干净，毕竟是过年，何况要出门。

我们穿衣并不追求大品牌，只注重款式和质量，就像读文章，念着朗朗上口就好，又如穿鞋子，适合自己的，才是最好的。

THree 说过这样一句话："贫穷跟我的品位无关。"让我陷入沉思。

我们家也是普普通通的小家庭，吃得饱穿得暖，也在追求好生活的路上。所以我开始写文投稿、填词作曲，自己琢磨音乐制作，帮人剪辑音乐做做消音和变调等这些可以挣外快的小工作。

那时候备考前去了培训班，父亲给零花钱时就叮嘱我多买几件衣服、多打扮下自己，学音乐的别穿得那么随意，邋邋遢遢。这也没戏，这是我的性格，虽然现在上大学会偶尔化个小淡妆，但还是喜欢穿得休闲一点，一件小潮牌的白 T，一条黑色的裤子随时可以练舞，穿得整齐干净就好。

贫穷与否，真的与人的品位无关，也不要紧盯别人的穿着，去衡量种种。

前段时间有位朋友联系我，说他正在做一部剧，想请我加入团队帮忙。我不好意思推掉，也不知道要怎么拒绝，本想着只是帮忙，应该不会太多事，也以为他们已经有了基础才开始做，于是答应了。

定为七期的生活周记篇，我写到了九期。本想多写一篇，但时间都撒在这部剧里头了，于是我停掉了最后的第十期，告诉读者们：我已经多给你们看两篇了，要看其他文，那就2017年买我的书吧。

虽然我目前学的专业是音乐剧表演，但归根结底，我还是更钟情于影视。过去写文时也是根据影视的拍摄角度去描述。那个曾经痴心妄想过，异想天开过，憧憬于做影视导演的我，却在大学这半年自个儿研究了舞台灯光、幕布、背景、乐池等。

通过帮助他们做剧，才发现，我们什么都没有。

没有场地、没有演员、没有道具，更重要的是，我们没有资金，说俗一点就是我们没有钱，只有一个念想。

写主题曲的事交给了我，我用半个月写了一首歌，名叫《患得患失》，关于曲子要融入的节奏和乐器，以及阿卡贝拉男中男高女高女低声部都写了出来。

迎来写剧本的消息时，我震惊了：what（什么）？我知道整部剧的主题，没想过连剧本框架都还没出来。当时我是有点儿不高兴的，朋友虽比我年龄大，我发现他了解的东西还是太少了，做剧目不是这样做的。

解释清楚之后，我才知道，他们是想参加一个比赛，剧目入选后我们会有奖金。我在心里追问："就像一个征文比赛吗？"

后来我是这样说的："我们就像在搞超女海选，虽然这里面只有我是姑娘。"

往后的某一个周末，我们几个人在某咖啡馆里对剧本进行修改，开了一个分配工作的会议。

他说这次作品肯定选不上了，太仓促了。

于是就在昨天，组织发来邮件说了感谢。

也许很多人觉得我们异想天开，可我们踏踏实实做自己喜欢的事情并没有错，因为有了敢想，才有了敢做，成就了那些越来越近的模样。

前几天薇薇发了条朋友圈说："一个贫穷而有情调的剧组"，配了张一束玫瑰花的图。她最近很忙，给许多场音乐会改剧本和做一些执行工作，各种没完没了的工作扑面而来，瘦得不成样子。

朋友啊，我们贫穷却充实着、快乐着，也因贫穷而脚踏实地。

Chapter 5：那个疯狂的人是我

因为遇见了一个人，

我相信这世上真的存在"越努力越幸运"！

- 哥哥是上帝给我的最好的礼物
- 让自己变得更优秀，是为了离你更近
- 心无旁骛，是你变强大的第一步
- 你与我击的那个掌，有魔力
- 你看到的只是我擦完汗水的脸
- 即便你深陷绝境，也别拿眼泪解决问题
- 你虽不是无价之宝，但绝不会一文不值

哥哥是上帝给我的最好的礼物

愿下辈子，我依旧能拥有这份礼物。

我有两个哥哥，先说我大哥吧，大哥向来比较高冷。在家里我们有固定的称呼，我叫他"王叔叔"，他叫我"姐姐"。"姐姐"的称呼源于电视剧里的某个角色，虽然我是他妹妹，但是为了成全我的满足感，他屈膝，哈哈。

小时候我似乎不太讨王叔叔喜欢，可能是因为我很爱跟着他，是一只彻彻底底的跟屁虫。那会儿我还经常烦他，没完没了的。遇上一道数学题不会就找他，他解答完后，若没立马明白，我就使劲哭，妈妈就怪他没教我，都要把他烦晕了。

要说王叔叔，比较好玩的是我一年级立下的誓，说轻点儿，算是一个小愿望吧。

　　有一回在暑假，整个小区都停电了，为了凉快些，我们兄妹几人蹑手蹑脚地拿着凉席上天台，看见王叔叔躺下了，我也跟着躺下去。王叔叔起身就走，去另一张凉席上躺着，我又跟了过去。

　　王叔叔起身看着我，说："你变态啊。"

　　无奈没办法，小时候真心觉得我哥这种高冷男帅炸了。

　　因为特喜欢王叔叔，以至于许多爱好都是随他的来，他说什么好，我就说什么好。

　　王叔叔，你不知道吧，小时候我觉得你可帅了，天下无敌。

　　关于我二哥，他比较痞，向来横冲直撞。

　　在家我喊他"东方"，也是源于电视剧里的角色。

　　小学四年级，我回老家读书后，一直都被他罩着，这种"zhao"倒不是拿电筒照着那么简单，正儿八经的意思搁在那儿：谁敢欺负你，我打死他！

　　因此，有段时间我觉得自己走路都有点飘，扬眉吐气倒说不上，但是那种扬扬得意的味儿十足。

　　虽然东方并没有真的把谁打死过，但确实让我出了不少风头。

以前似乎流行过这样的套路：男生喜欢一个女生，为了引起她的注意总会做些招人讨厌的事情。虽然至今我都没搞明白，这个神逻辑到底是顺着哪儿来的？

记得那时候有个男生叫贺禾，扯了一下我的头发，我瞪了他一眼，然后他就踹了我一脚，虽然不重，但是我觉得特委屈，无缘无故你欺负我干啥。这一脚被东方看见了，冲过来把他抵在墙上，用手指戳着他，说："很串？"（粤语"串"形容嚣张。）

但是后来不知道我二哥怎么跟他玩到一块儿去了，然后回来告诉我，那小子喜欢你。

我一脸嫌弃，说："哥你不是说打死他吗？"

我哥：……

二哥性格比较外向，与王叔叔刚好相反，典型的双鱼座，超级自恋，每天照着镜子觉得自己帅炸了，追问我："是不是好帅？"

没等我接上话便自问自答："好帅的。"

……

那会儿，有个同学因为羡慕我有两个哥哥，每天回家都向她妈妈嚷着要哥哥，让我哭笑不得。

初中的时候有个男生叫崔西颜，当时听名字还以为是个姑娘，后来才知道是个挺清秀的小伙子。

西颜篮球打得不错，挺受姑娘们喜欢。

他像哥哥一样照顾我，看见我时叫的不是名字，是一声恰到好处的亲切称呼——妹妹。

那时候许多同学没搞明白这件事儿，我也回答不上来，于是有过许多猜疑，大概是这样吧，时间久了，我也记不太清了。

一次考试，我穿了件短袖，搂着一个姑娘求暖和。他走出教室看见我，便从身后将那件白色的运动服外套披到我身上，惹得同学狂起哄。

那年的圣诞节，我俩在外面玩，穿得都不多，两人流着鼻涕哆嗦着，搓着手说冷死了。

让我印象深刻的是，初中时学校不让带手机，因此我们的通讯来往是一本册子，写了许多乱七八糟的话，介绍这首歌曲好听、那部剧好看等一些无聊事儿。后来毕业了，我把那本册子撕开，折成小船，叠在一起，下楼梯时，他试图拿走一些，我没给。

今年过年的时候有一场初中同学聚会，是他叫的我，虽然我没去，但被人记得是一件挺高兴的事儿。

好久不见啊，西颜哥哥。

以前看《凉生》的时候，第一本书里提到过，凉生跟妹妹姜生睡一张床上，两个小脑袋像冬菇。凉生特别照顾妹妹，自己宁愿饿肚子，也要让妹妹吃饱，骗妹妹说自己不喜欢吃这些东西，后来落下了胃病。

最近看了马天宇在拍摄现场的照片和一些花絮，真心觉得他演凉生再适合不过了。不禁想起过去这本书让我哭过无数回，我没法用矫情来形容自己，乐小米的文字不仅仅是引起我共鸣那么简单。

前段时间，朋友婉婉的哥哥得了重病，现在还躺在医院里。她跟我说："自从爸妈离婚后，这辈子就这个男人照顾我了，因为他，我甚至都没有谈过恋爱。如果他走了，那我也跟着去好了。"

我看着她眼里流露出的坚定，确实是下了狠心。

在看《凉生》时，我一直觉得这种感情只有书里才会有，但朋友婉婉的一番话彻底将我的念头打破。就像乐小米说的："世界上，永远没有无缘无故的爱，只是，某些原因，你不能明白，我没有坦白，或者是遇见时，恰好你笑了，或者是你皱眉了。"

就当这是一个充足的理由吧，以至于我小时候觉得你帅得天下无敌。

兄妹情真是一件非常奇妙的东西，伴随我这么久，每当别人问我有没有兄长时，我总笑着说："我有我的好哥哥。"

从前并不理解别人为何那么渴望有哥哥，现在才懂，有哥哥的人真的比常人幸福千万倍。

　　感谢上帝的眷顾，愿下辈子，我依旧能拥有这份礼物。

让自己变得更优秀，是为了离你更近

害怕 H 被越来越多人发现，而我，越来越渺小。

我那可以称之为疯狂的努力，是为了离一个人越来越近，而那个人，就是我的好朋友 H，我也曾喊过他"哄哄哄"，代表他的名字和笑声。

这么多年，他就像一只凶悍的狮子，在背后追着我，促使我拼命地往前跑。

我的老读者可能知道，H 是童星出道，到现在都没有很红，拿得出手的作品并不多。

昨天，得知他的戏在某频道播出了。刚开始，心里还是很高兴的，毕竟在这个频道播出来的演员都大红大紫啊，却因为他演了一个不太被重视的角色而觉得沮丧，心想，若他的机会再多一些就好了。

也许是因为艺人实在太多了，以至于他一直都不温不火。

这个对我影响极深的人，虽然两年没见面，但每每听到有关他的事情，我都忍不住捏自己一把。

自我有记忆起，就跟 H 去过片场，看他拍戏，看他被饰演主角的小孩儿打了一顿又一顿，看他吃下一份又一份剧情需要的餐点，最后，目睹他因生菜过敏而送去医院的整个过程。

那年我五岁，他十岁，我在医院里紧紧抓住他的手，哭着说："会不会死掉啊？"

他薄薄的嘴唇回了我一个坏笑，说："会吧。"

我哭得更慌了，最后这家伙无奈之下用毛巾塞住了我的嘴巴，然后说："你是笨蛋吗？我又没中毒，只是过敏而已啦，吵死了，有什么好哭的。"

被塞住嘴巴的我因鼻塞没法呼吸，打了个喷嚏，一大摊鼻涕掉到他的脸上，当时他的内心一定是崩溃的，还骂了我。

要说我们做过的最有默契的事情，那一定是彼此不联系。

H 十六岁那年，出了专辑，当时我人在老家。那年我十一岁，爱上了上网，因家里没牵网线，便每天跑去网吧看他新歌的MV，一遍又一遍。

隔年除夕，H 回来找我，高高帅帅，穿着一套白色运动装出现在我面前。他踩在放过鞭炮的地上对着我傻笑，红色的地，白色的他。而我，站在大厅里，拿着一条脏毛巾，踩着拖鞋，穿着一身睡衣，丑得无与伦比。

H 身后的房子冒出来缓解尴尬，蹦蹦跳跳的傻样，这才打断我们的对视。

房子提着大包小包，放到大厅的桌上。奶奶看着房子，好奇地问："真乖，这是谁的同学啊，长得又高又漂亮。"

我说："应该是隔壁家媳妇儿吧，走错门的。"

一阵狂笑过后，我的视线回到 H 身上，说："待几天？"

H 笑了笑："两天。"

我点了点头，在心里说了个"嗯"。

这是我们时隔多年见面后的对话，我没有追问 H 当年的不辞而别，毕竟我也回老家读书了。

那天，H谈了自己拍的电影，说到歌曲MV时，H问我："看过吗？"

我说："没有。"

沉默了一段时间后，H拿出一张专辑，说要送给我，我苦笑着不知道说什么好，因为我早就买了，光盘都播到花了，看的时候卡得不行了。

最后，我接过他递给我的专辑，低头强忍着眼泪，安慰自己：没事儿，这不是还多了个签名嘛。

H告诉我，当年他走之前，去敲过我家门，我没在家。我装作若无其事，笑了笑，说："多大的事儿呢，回来就好，回来就好。"

走之前，H留了个电话给我，是用小时候我送给他的蓝色小本子写的。接过纸条的那一刻，我狠狠地掐了自己一把，忍住哽咽，说："一定要走？"

H说要拍戏，导演很凶，没生大病的情况下都不准请假。于是我点了点头，背过去，没有目送他。

那时候我竟然心想，若他生大病就好了，有充分的理由不用走，顺道让我照顾他，回过神时，我被自己的想法吓坏了。

那时候起，我开始疯狂探索导演这个职业，习惯性地去搜索考编导的资料，我对自己说：我的梦想是当导演。

我开始尝试写长篇小说，想通过写作学习编剧，再逐步到导演。我想，将来有一天，若我有拿得出手的作品，我们就合作，让剧组工作人员对 H 好一些，安排食物时避开 H 不宜吃的。甚至，我还幻想过多年以后，我可以对 H 招之即来挥之即去。

多年以后，我长大了，才发现 H 并没有很红，他只是每天很忙很忙，忙着求戏拍、求演出、求机会。

当然，我并没有因此放弃什么，而是更坚定了自己最初的念想，甚至继续延伸，悄悄地在心里默念：原来我们并没有相差太远，那么，等我变得更优秀，我捧你，好吧？

关于"我捧你"这句话，玩闹时我曾以开玩笑的形式说过，他不知道，我是说真的。

2011 年我开了新浪微博，搜的第一个人就是 H。因为不甘愿与他成为粉丝偶像的关系，便没有关注，只是每天看看动态之类的。H 拍的剧只在台湾播出，我便去网上下载来看，还推荐给同学，说这部剧很好看。

后来发现同学都喜欢主角。多希望他被关注，多希望有一群人大叫起来，说："哇，这家伙好帅，演技好棒。"可在那部戏里，H因剪了个平头而被大家吐槽，那时候也没多少人在意演技，只有我，一味地说，你把角色诠释得很好。

那时候大陆播了一部由小说改编的剧，H算男三，女主角的弟弟，与房子一起都在剧中。终于，他有了点儿光环，是一个很值得被认可的角色，一个很让人怜悯的角色。

我非常高兴，他的事业有所进展。

2013年，H与港星演的古装剧在内地播出后，他的贴吧开始热闹起来。看到粉丝互动不错，我也申请了个贴吧号。为了不让别人认出我，我取了一个很low的名字。本来算潜个水，却因为看到有些帖子回复数少得可怜，就抽风似的刷楼。现在想想，这事儿真浪费时间，真无聊。大概是因为我刷楼时，重复的楼层太多了，被管理员误以为我是灌水，警告了一回，当时心里特别不是滋味，心想：你们这群没见过真人的家伙竟然对我这大人物叫嚣！

大人物大在哪儿？大在H给我端过洗脚水？大在H从四楼拿被子到一楼给我铺过床？还是大在我有够凑几桌麻将的读者？

尽管心里不是滋味，我还是很夙地留在吧里活跃气氛。至少，在与 H 没有联系上的时候，还能通过贴吧知道他的动态。潜了好几天，发现个别粉丝会组队到 H 的拍摄现场探班。

那一瞬间，突然觉得自己很渺小，我开始追问自己：为什么？为什么我的日子过得跟追星似的？于是我删掉了贴吧，不留一丝痕迹，开始害怕，害怕 H 被越来越多人发现，而我，越来越渺小。

是的，这个想法很可恶，很自私。

终究，害怕的事情还是来了，2014 年 7 月底，H 叫我去机场接他，我去了。

去的路上我刷了一会儿微博，发现早在两天前他已经发微博告诉粉丝，当天他抵达广州白云机场的时间。我做的最坏的打算是，我可以跟他的粉丝挤成一团等他，然后接他。

没想到最后他把两个行李箱扔给我，说："你打个计程车帮我带回去吧，粉丝都来了，总不能落下他们吧，答应了跟他们去玩玩。"

我咬着牙点点头，拖着两个笨重的行李箱走出机场，哭着说："我又不是你的经纪人，你自己现在也没多红吧，凭什么叫我干这干那。"

关于 H 把我抛下这个心结，我最近才解开，当年我为什么那么小孩子气，不是说好了等他红吗？有粉丝接机不好吗？挺好的呀，至少，他真的有名气了啊。

我的好朋友 H，这么多年，我知道他很累很辛苦很不容易，所以，我等啊，等他红透亚洲，高兴地回来跟我说："我，做到了。"

我也希望有朝一日，当我足够优秀，高兴地对 H 说，哄哄哄，咱俩合作吧。

而 H，依旧跟当年一样，给我一个坏笑，看着我说，好啊。

嗯，好啊。

心无旁骛，是你变强大的第一步

愿你强大起来，做到心无旁骛。

过去，我非常在意别人的眼光，总是时刻保持警惕，那时的我，害怕背叛、害怕误会、害怕责备、害怕嘲笑。

几年前，一个好闺蜜喜欢上我表哥，起初我并不知晓，那时我总跟表哥走得很近，有说有笑。突然有一天她朝我大吼，说讨厌我，说我没帮她，最后还疏远了我。

我开始自责，也怪自己没有帮她。

疏远我后，她带着所有不满把我的隐私公开了出去，这份赤裸裸的背叛，让我看清了昔日那张笑得如花般灿烂的脸。口口声声的好朋友，最后伤害你的正是好朋友，真是讽刺。

大概就从那时起，我开始讨厌相信别人，并不是要去怀疑别人什么，就是固执，抗拒去相信，我很害怕又一次被背叛，很怕很怕。

一次，我的朋友哭得很伤心，跟我说了一大堆心事，包括秘密，信息量挺大，我唯一能做的，就是当什么都没发生过。

她哭完之后，说："怎么都是我在说，说说你的。"

我说："没有。"

因为曾被背叛过，我变得非常抗拒谈心事，我害怕又一次被传出去，我已经没有更强大的内心来承受第二次背叛了，我害怕这是一次用自己秘密来换取别人秘密的阴谋，我开始犹豫，心想着，也许这个人分享自己的秘密是为让我放松防备，然后说出她想听到的。

那时候我告诉自己，不到万不得已，千万不要向别人暴露自己的软肋，有些秘密一旦曝光，便不可收拾。

现在想想，当年的我到底是怎么了？我为何要这样折腾自己？

高一那年，我跟房子总喜欢互换信件写信给对方，在寄给自家的信里写上对她说的话，她在寄给她的信里写上对我说的话，邮票交换。

这种事情持续了很久，跟 H 也做过，每次其中一人出远门来到家里做客就要做一次。H 母亲说过，这是他们上一辈人留下来的，象征好朋友之间来信的一种亲密举动，他们称之为"换件"。

来到邮局后我们交换信件，相互写下自己的名字后开始动笔，寄去对方写上的地址，我总不服气，因为房子人在台湾，每次我都要付多几张邮票。

几年前那一次"换件"我写的地址是学校，因为我不常回家，这是为了尽快收到而做的准备。不知何故，我迟迟收不到信件，快放假时，同学说取信的桌子上看到写着我名字的信件。我很高兴去取件，他们却奚落我写信给自己，说那是我的字迹，更可恶的是，信件被人拆开来看，事情就被添油加醋地传开了，有同学因此而误会我。

之后的几天，我听到很多质疑……

"那个人有病吧，自己写信给自己。"

"不要装作你很受欢迎有人写信给你，这并不好玩。"

"这怪人真是有病，这年代谁还写信啊……"

这一封信闹起的误会，让我难过了很多天，当时我很在意同学们对我的误解，想跟他们解释清楚，却又不知该从哪说起。

现在回想，我对自己当年想要解释清楚的想法逗笑了，换作现在，我一定不会再这么懦弱，他们爱怎么想就怎么想，关我何事？一群自作聪明的人，什么都不懂还一本正经学人胡说八道？

你误会我那是你的事儿，我不会做多余的解释，我们也不会再是朋友了。

你是否曾因为被责备，自责了许久？

你是否曾因为被误会，难受了许久？

你是否曾因为被嘲笑，哭了许久？

你是否也曾因为被朋友背叛，开始惧怕旁人，选择不愿相信朋友许久？

你要时刻提醒自己，无论你身处何方，都不要受旁人的阻碍，要看清自己前进的方向，千万别把自己折腾得不像个样子。

最后，愿你强大起来，做到心无旁骛。

你与我击的那个掌，有魔力

带着乐观的心态，我们一起击掌施个魔法吧。

有人说，鼓励也就是指激发、勉励。也有人说，鼓励指的是振作精神。

而我最喜欢的答案是，鼓励使人进步。无论在东方还是在西方，人们都把由衷的夸奖和鼓励看作是人类心灵的甘泉。

几年前，我看过这样一个新闻：

高考的第一天，五名考生同时走入考点，他们一边走一边交谈，气氛相当融洽。

由于还没有到进考场的时间，他们在校园休息区交流着，并相互检查是否携带好了考试用具。

进考场前，他们五人一起击掌，互相鼓励着，说"加油"。

他们最后还留下的击掌鼓励，让我很是感触。

喜欢用击掌作为鼓励的我，一直觉得掌心上有魔法。这种神奇的鼓励看似简单，却有着深刻的影响。这股精神魔力的清泉，怕是这辈子都要赖定了。

然而很多时候，我们总是处于命运轮回的边缘，时而看到希望，看见那小小的光亮，时而又眼睁睁地看着它被摧毁，灰飞烟灭。

于是我们就开始受不了，闹情绪，责备别人没有鼓励自己。

可是亲爱的，我们是独立的个体啊，得学会自我安慰，不要以为别人总会给予鼓励。

你要坚信，当你学会鼓励自己后，你会看到更美更亮的光。

回想过去，让我彻底爱上击掌鼓励这神奇魔法的人，是初三时的一位朋友。

事情发生在歌曲填词的考场走廊里。与他认识的那天，似乎有些仓促。

那时，我去市一中考试。考试之前，他指着我手里拿的书，问我考什么，于是我们便聊开了。

因为前面还有十多位考生，我们便坐在楼道里聊。聊到自己的偶像时，他毫不犹豫地告诉我，在音乐这方面视迈克尔·杰克逊为命根，于是我也笑着回应：Edison 是我的信仰。

考完后他有急事要先走，与他说完再见后，我往队伍那边走去，他在后面叫了一声："喂！"

我猛地回头，望着他走过来，给了我永生难忘的鼓励。

他说："来，我们一起击个掌！"

当时我愣了一下，被这突如其来的鼓励吓到了。

时隔多年，我已经不太记得他姓什么了，我只记得当年他在楼道里告诉我，他叫志欣。

志欣，一个像极了女孩儿的名字。

那时候他自己也说，他也为此懊恼过。

也许是因为击了掌，我感觉自己当天发挥得还不错。

很多年过去了，我们没有再联系。也不知道这个人还记不记得我，但我一直记得，那个魔法般神奇的击掌鼓励。

"我好怕，请打我一下。"

这是周三下午考视唱作品时我说的话，我对一个刚考完的人伸出了一只手，没有要求击掌，只是想让他拍一下我的手。

这么多年过去了，我依旧坚信，击掌会给我带来很多很多幸运。

当时他正往门口走去，而我是往里走的，我们肩抵肩。他竟然真的迎合了我，拍了一下我的手。

分男女四声部唱的作品，平时唱得稀里糊涂，这次竟然出奇地好。我握着拳头，点了个头，在心里默念：击掌鼓励，真是一种神奇的魔法。

五年了，我是真真正正地上了大学，而不是被大学上了我，我本是一个特别容易怯场的人，因为各种原因总是不自信。

如今，我在慢慢地进步，归根结底，还是要感谢当初那个小小的击掌。他给我的鼓励是一种信仰，以至于现在只要遇到什么考试、比赛、演出，我都习惯性地将手交给身边的人，轻轻地说，请拍一下我的手，送我一份魔法吧。

有时候也会被人当成神经病，但是我总会卖弄乖巧，说："让一下这矫情的我，你打一下我的手掌就好了。"

来，带着乐观的心态，我们一起击掌施个魔法吧。

你看到的只是我擦完汗水的脸

这世上哪有什么绝对的天才学霸，只有拼了命读书的疯子。

（粤语）"最衰怪我老母啦，将我生得咁蠢。"
（都怪我妈，把我生得那么笨！）
这是一年级那年我对同桌说的一句话。

当时我还在广州念书，与学霸同桌相比，我觉得自己是个记性十分差的人，养成了喜欢推卸责任的坏毛病，二话不说就怪我妈，怪我妈，怪我妈。

语文课上，老师要求背课文，十分钟后抽查。

我同桌是个高高瘦瘦的男孩儿，名字我已经记不太清了，记忆中，他低头默念了几遍就倒背如流了，而我，琢磨了许久都没能背会。

我说："你好犀利啊，你老母做乜嘅？"

（你好厉害啊，你妈妈是做什么的？）

我的学霸同桌白了我一眼，说："我背书啫，你问我老母做乜？"

（我背书而已，你问我妈妈做什么？）

同桌背完后偷偷地从抽屉里拿出方块面包吃起来，那时候我好想哭，觉得自己笨极了，别人花十分钟搞定的事儿，我却要琢磨一两个小时，别人背熟后都开吃了，我却还在啃书。

放学后的我，总要花很多时间专注于背书，每天吃完晚饭后都会折腾到很晚，然后发现英文作业还没写，特别心累。

要说我妈跟我讲过最多的一个词，那一定是"勤能补拙"，那时候还小，便向她询问这个成语的意思。我这一辈子都不会忘记，我妈当年身穿一件紫蓝色的 T 恤，扎着低马尾亲切的样子。

她说："别人背十遍就会了，那你就背五十遍，还不行就背一百遍。"

你不学习就别异想天开，知识从来都不会自己跑进你的脑袋里。

如果"努力"是毫不费力的，就不叫"努力"了。

在往后的日子里，我找到了诀窍，每每遇到背书作业，我都习惯性地自己手抄一份，一到家就贴在洗手间的镜子上，边洗澡边读，早上起来刷牙时也看着镜子上的课文在心里默念。

认识"勤能补拙"这个词后，我抛掉了埋怨我妈的坏习惯，我的成绩有所提升。

有一天，我的表坏了，时间停留在六点五十分，生怕迟到，我早餐都没吃，用最快的速度赶到学校，到后才发现我来早了，是我的表停了。

我在学校门口买了一个烤地瓜，远远就看见自己班级的教室门开着，我走过去，透过窗户看见我的同桌一个人在读课文。

那时我才知道，这世上哪有什么绝对的天才学霸，只有拼了命读书的疯子。

他每天起早贪黑，努力学习，比学校的老师都早到，每天都是第一个到学校给教室开门，开了门便一屁股坐在自己的座位读书，哪舍得花时间吃早餐，都杵这儿看书了。在接近上课的时候同学们纷纷走进教室，他才安静下来，做点数学练习题，预习今天要教的新课文。也是那天我才知道，他总是没完成作业不准自己吃饭。

他背完课文后才偷偷吃早餐，那画面常在我眼前浮现，估计这家伙当时早已饿得不行。

真正想学习的人，每时每刻都在看书。

高三艺术联考那年，培训班的老师给我布置了一首六级钢琴曲作为副科考试。

在那天之前，我爱上了一首节奏很带感的十级曲目——《猫和老鼠》，我跟老师提了自己对这首曲子的热爱，她答应后千叮咛万嘱咐我多加练习，说这曲子很难。

从刚接触这首曲子到真正将它拿下，再到考完试，其实时间过得很快，当所有考试都告一段落后，我听到各种议论。

"她就侥幸拿到这个分数吧。"
"她只是弹了个十级曲目才那么高分。"

"我记得她以前钢琴一般啊，考官是睡着了吗？"

"估计只要是十级曲目，不管你弹得怎么样都会很高分吧。"

"早知道我也选这曲子了，她可真幸运。"

我又一次在心里产生疑问，谁的努力是毫不费力的？

别人考得理想，你就说他是侥幸拿到的高分。

别人唱歌好听，你就说他是因为嗓子条件好。

别人舞蹈不错，你就说他身体天生如此协调。

别人穿金戴银，你就说他肯定是被人包养的。

你这样跟我小学没背好课文怪老妈有什么区别？你是三岁小孩儿吗？你明知道自己不好，那就应该更努力！

不要因为你的不行而侮辱我的付出，也不要因为你的不行而糟蹋我的努力，这世上根本不存在什么与生俱来的优秀，更别提天才了。

你看到的只是我擦完汗水的脸。

即便你身陷绝境，也别拿眼泪解决问题。

没本事的人爱掉眼泪，简直就是灾难。

一次刷微博时留意到腊腊说了一句话："自己没本事，别拿眼泪欺负善良的人。"

这句话紧紧勾住了我的心，让我思索了好一会儿。我不知道腊腊是说别人还是自己，八成是在说自己。

在我印象中，腊腊是一个眼窝很浅的人，她曾在课堂上放肆大哭，可她的眼泪并不代表懦弱。

有的时候，一个人哭，只是为了宣泄心中的不满和委屈。

我非常喜欢腊腊的坚强，那执着的劲儿让我震撼，她是那种对没尝试过的事儿绝不甘心说"no"的人。

有时候我很受不了自己，因为我也是眼窝很浅的人，会因一件事没做好而红了眼眶，忍住眼泪不想让它掉下来，不甘示弱的同时狠狠掐自己一把。

我曾试过，强忍眼泪忍到心脏抽搐发疼。

我在校外接了电子音乐的演出，有一次，因回校上课缺了一个小时的演出彩排，落下一小部分修改过的舞台调度。为了不影响大家，赶回来后，我向同台演出的伙伴请教修改内容，想尽快补上来。

因没跟上新内容，我被副队长指着骂。当时伙伴们都屏住呼吸，安静地看着我。尴尬的氛围里，他们想替我说点什么，又不好意思开口。

我当时强忍眼泪，委屈和不解到了极点。我确确实实有认真对待这次演出，落下的内容我也在努力补回来，我错过排练不是去玩，是回校上课，为何不理解我？我满脑子的疑问和委屈。

说真的，那句话说得一点儿都没错，不在意别人的感受是自私，太在意别人的感受是自虐。

被责备的同时，我竟然满脑袋想的都是自己连累了集体。是的，我弱爆了，总喜欢自虐，厌得要命。

彩排完之后，队长说解散，我立马收拾东西，想赶紧离开彩排场地，忍眼泪忍到心脏抽搐，抽得生疼，满脑子只想赶紧找个地儿躲好，然后痛痛快快哭一把。

相信很多人都跟我一样，哭了，往往不喜欢让别人知道。

这时，几位朋友迎上来安慰我，说："没事的，来，我教你。"

我这尿包没忍住，几位伙伴一句接一句的"我教你"让我泪如泉涌。

我不想被副队长知道我哭了，怕他觉得自己言重了自责，那我就成心机女孩了。于是，我尽量让自己表现得不在意，背对着副队长朝伙伴们点了点头。

是啊，不管你遇到什么事，也别拿眼泪解决问题。

朋友聚餐时，我曾听大家讨论过一个叫煎饼的姑娘。煎饼是那种遇到一丁点事儿就哭的人，哭就算了，还当着众人大哭，搞得好像大伙儿欺负她似的。

后来大家怕了她，事事都让着她，从着她，但又少不了埋怨，最后煎饼让人觉得特讨嫌。

说到底，没本事的人爱掉眼泪，简直就是灾难，你哭啥？你有啥资格委屈？

我很接受不了在众人面前掉眼泪，一般都强忍着，自残性地克制自己。在克制自己的路上，我总会习惯性地回头看看过去的我，真的是糟糕透了。

　　前段时间，在"知乎"上看到一句话，人一定要前进，你不往前多走几步，根本不晓得自己过去烂成什么样子。

　　你自己没本事，还总拿眼泪解决问题，说句实在的，哭一哭就能完事了吗？所以，时刻记住，即便你身陷绝境，也别拿眼泪解决问题。

　　最后，愿我们都身怀本事。

你虽不是无价之宝，但绝不会一文不值

总会有人看到你的独特，看到你发光发亮，以你为宝。

H拍的新电影最近杀青了，他说要带我吃尽台北内湖的海鲜。

这估计是他成年后的第一部电影吧，他接的戏总是不显角色，个性也不是很鲜明，男三男四，好不容易来个男二，主角光环还都在女一女二身上。

这么多年来，他的事业始终是温温的，搞了个组合也没起到什么作用，前几年拍的电视剧到现在都还没播出来，究竟是什么原因至今也没弄清楚。

不够火热是演员最大的煎熬，许多演员耐不住，草草结束演艺生涯。H有段时间很忧郁，说自己不是会发光的金子。

微博几百万僵尸粉也不知道是不是粉丝刷的，时不时会去发个微博没多少人理他，说要叫新浪管理员删除僵尸粉却又迟迟拉不下脸，怕被朋友奚落，怕被公司的艺人嘲笑。

去年十月份，他自己故意闹了一通绯闻，本想借着新剧热点随风炒一回，搞笑的是没掌握好吸粉的特异功能，却惹得自己一身骂。

我受不了，说道："你以为你自己是当红人气王？绯闻助力？若真的是做演员那块料，早几年前与香港艺人拍的戏你就该红了。"

我欲言又止，生怕说多了打击到他，毕竟也不是他的错，台湾与大陆有所不同，他是较少有机会来大陆发展的艺人，所以工作起起落落。他的组合歌手又胡乱接戏，主副不分也不知道自己侧重于哪一方面，专辑也卖不好。我不想再给他打击，没有把这些话说出来。

但当我得知最近那部电影他是男一后，我是很替他高兴的。

他可能不是金子，没有价值连城，但绝对不是一文不值。

那个浮华的圈子，本身就带有黑暗和湿冷的气息，若隐若现的交界处，也不知道是幌子还是自己看错了。

成为过气童星并不是命运里的设定，你只是忽然间被上帝暂停了幸运。你需要缓冲一段时间并且很努力很努力，才能被看到，然后得到自己想要的东西。

身价抵达固定值后，上帝给你缓冲的那段时间，是为了留点公平的价值曲线给其他人，毕竟许多东西不是与生俱来。

有人说，没有人是无价之宝，也没有人一文不值；也有人说，一文不值也可以变成无价之宝。是啊，每个人都有自己的价值，因为我们都是独立的个体。

仙桃是独生女，她已经 36 岁了。

父亲在她出生后不久便去世了，母亲腿脚不利索，为了照顾母亲，她没有结婚。

处过对象，因为家庭状况，自己提出了分手。亲戚们很嫌弃她母亲，因为腿脚不方便，吃喝拉撒都要陪伴。

朋友们都说，年纪大了可以请护工嘛，自己有空可以回去看望。

她怕护工照顾不周，哪有自己照顾得那么好。

她并没有想过，自己老了之后怎么办。

仙桃就是她母亲的无价之宝，同样的，母亲在她的生命里也价值连城。她不顾一切要照顾母亲一辈子，想到自己晚年无依无靠也无所谓，还口口声声说这是好事。

养育之恩真的是一种稀世珍宝，让人紧紧揣在怀里不舍得放。

我曾在自己的微博评论里看到一句话："在某些人面前你是无价之宝，而在一些人面前你一文不值。"

我的理解是，紧张你的人会把你看得很重要，反之，匆匆而过的陌生人与自己没有太大的联系，价值也就随之递减。你也不会对陌生人有太大的兴趣。

往往，在爱的路上，我们习惯于小心翼翼，不管是面对亲情、友情或是爱情，别人或是自己。

也是时候花时间好好定义一下自己了，你是一百克的玻璃还是一百克的金子？

没有多少商品在市场上的价格是一成不变的，你会遇到通货膨胀的情况，总会有人看到你的独特，看到你发光发亮，以你为宝。

许多人一直都没搞懂，为何有的人可以放弃面包只要爱情。

换作是我，我两样都要，若真要只选一样，当我处在一个紧张且不得已的状况下，会先选面包，满足自己。

前段时间，在声乐课上唱《一眼入魂》的时候，婷美女说我不投入，没有去定位好这个角色。

我吊儿郎当地开玩笑说："最近心情还不错，驾驭不了这种撕心裂肺。"

那段时间特颓废，觉得自己不是唱歌这块料，表演也没有较好的成绩，但是考试的时候我抽中了两首英文歌，成绩超出预期，婷美女在我考完之后很激动，在群里对我狂表扬。

我这才找到自己的歌曲风格。

我相信自己会是一枚小小的、会发光的钻戒，佩戴给那位爱情面包双丰收的姓刘的女人——我妈。

尽管我并不是什么无价之宝，但当我来到这个世界，成了地球村的子民，吸了这里的第一口空气，我就注定不是一文不值。

Chapter 6：我有故事你有酒吗

我记得夜半零星的梦，

我记得梦里那人说不要忘了他，

我醒来把它写成故事说给你听。

－因为有你，我走出了孤独

－如果你有男朋友，就别随意接受他的好

－世人皆知我们相爱的风景

－右手上有刺青的男人

因为有你，我走出了孤独

遇见你就是个祸，让我瞬间着了魔。

我叫于廉，是一名作者兼美工。

说实话，我并没有读过很多书，但关于写作这事，都是来源于我的日记，而感情是促使我写作的开始，不管是亲情、友情或是爱情。与她真正认识是在书友酒会上，也可以说，在酒会那天，我们的距离拉近了，在那之前，我也看过这女人的书，励志的文字散发着高傲与快乐。

还记得那天，她浓妆艳抹，站在我旁边，将左手上的一杯果汁递给我，手指上大红色的指甲油闪闪发亮，她说："就别学大人喝酒了，喝点饮料吧。"

一句话让我发现，原来她擅长这种打交道的方式，我查过她的资料，她1989年出生的。虽然是我长像比较稚嫩，但我毕竟比她大三岁，为何在她眼里我就是一个小孩儿？于是我故意提高嗓门说："你是哪位？"

她手中的果汁悬在空中，为了避免尴尬，她将杯里的果汁喝掉了圆场。

不料我却继续难为她："你怎么那么没礼貌，你不是给我的吗？"

她直视我，那双眼睛涌现出不满。

我将她手中的杯子交给路过的服务生，在服务生手里拿了两杯香槟。

"美女，赏脸喝杯酒吗？"

那天，我们在舞池中跳了舞。聚会结束，我打车送她去了机场，下车时，我很意外地被她咬了一口。

这个难以忘怀的惊喜，让我痴狂不已。

第二天我回北京了，心里有些莫名的挂念。昨晚跳舞的时候我故意告诉她，我下一站的行程是回公司。隐约中，心里有种暗示，她会过来找我。

待在公司的三天，我浑浑噩噩，脑里想的都是这个女人。

一个礼拜后，很多当地的高考生都去旅游了，邻居家的小梅花也不在，她哥哥高考结束说要带她去旅游，那个每天嚷着要我审查她作品的十岁小姑娘走了之后，我真正耳根清静了。

我向公司请了假，留在出租屋里写稿子，在公司每天给新书设计封面这种活儿让我很疲惫，脑子里想的都是她，我总结断了联系的原因是她若即若离，欲擒故纵。

当一个不善表达的人遇到一个高傲的女人是什么情况，我头脑发热，大力将电脑合上，拿起浴巾准备去洗澡，这时，我听到门外有人叫我。

"于哥哥！"小梅花出现在门外，她一把搂住我，眨着两只水汪汪的眼睛，像只绵羊。

"好久不见。"

身后一熟悉的女人声音传来，我闻声望向她。

小梅花回去后我的视线依旧没离开过她的眼睛。

"我想你。"说这句话的时候我真想把她搂入怀里，但在身份没有明确的情况下，我显得很不利索。

原来我们曾经那么小心翼翼接近过。

她是小梅花的表姐，逢年过节探亲时总会透过屋里的窗户看见我这个从不回家过年的小伙子。

后来我才告诉她，我爸妈离了婚，都有了自己的家庭，奶奶在前几年去世了，于是我一个人从天津来到了北京，为了忘却孤独，我开始拼命写稿子做设计接工作，让自己变得很忙很忙。

我完全不记得一年前，春节后的某一天，家里窗户没关上，下了一场大雨，还刮了点风，将我设计的书籍封面资料都吹出了窗外，当我在慌乱中埋头捡着一张又一张的设计图时，一个涂着大红色指甲油的女人将两张设计图递给我，她说："你设计的封面真好看，特意为插画加上的一句话也很棒。"

我接过图纸，说了声谢谢后便转身，视线并没有落到她脸上。

已经往前走了好几步，她在身后说了让我听了挺难受的一句话。

她说："在你的设计里，我看到了孤独。"

我很不喜欢被人轻易看穿。

那天小梅花回屋后，她抚着我的脸，说："以后你不会再孤独。"

不知是因她的早熟，还是沉溺在亲人离去的痛苦中太久，这句话竟让我不知所措。

被扯掉的一角，是你对我动情的记号。

那天回屋后，我发现有一张设计图右下角的签名不见了，但下那么大雨，还能捡回来那么多份，我已经很欣慰，并没有太在意。直至真相被揭晓，我才回想起，那小小的一角有被撕掉的痕迹。

后来我接到一份新活儿，是给一位 80 后作家新书设计封面和章节排版，我将她所有的稿子都看完之后感觉书中每个小故事都很励志，让我难忘。

原来那本书的作者就是此时此刻站在我面前的她，这个从一开始就高傲的女人，栽在了我手里。

上个月，我们结了婚，用一张纸和两枚婚戒见证了爱情，也感谢她，带我走出了孤独。

情话我不会说，但我爱她没有错。

记得在《翻译官》里，有这样一句台词："在爱的路上，最大的过错就是错过。"

我想说，我们只是曾擦肩而过，真正的爱情是不闪躲，现在她把余生通通交给了我，我要抛掉孤独好好活。

嗯，好好活。

如果你有男朋友，就别随意接受他的好

若你有男朋友，别轻易接受别人的好，再见。

　　喜欢一个女生很久了，是工作时认识的，后来知道她有男朋友，懊恼过，不过一直没有打扰，默默帮助她，做一堆外人看似无奈的傻事，可我并不觉得这是典型备胎的举动，因为我觉得她是喜欢我的，我们只是还没有捅破那层窗户纸。

　　那时候我坚信她不是花心，觉得人的一生总会有同时爱上两个人的时候。

　　毕竟爱情总是这么不可思议，让人意想不到，微妙得让你时而喜悦，时而抓不着头脑。

我们开始熟悉起来大概是在几年前吧，她请我看电影，说本来打算跟朋友去的，朋友临时有事情，因为不想浪费，就找了我。也是那时候才得知她的好朋友就是我的高中同学。我当时觉得特开心，就一起去了。电影是《同桌的你》，看到里面一小段的床戏时，她笑着看着我，说："上一次是什么时候？"

　　我当时就慌了，心想着这是试探我吗？我回应她的笑，没有说话。

　　后来有一次去上班的路上碰到我的高中同学，也是她的朋友。我们聊起天，说到了电影的事儿，说要谢谢她临时去不了，不然也不会有感情上的进展。不料，朋友完全没听懂我的意思，这让我联想到她的别有用心，心想：难道她是专门找我看电影的？不好意思说出来吗？

　　那次看电影后我们开始熟悉起来，几乎每天都有聊天，接触，她慢慢成为我生活中不可或缺的一部分。

　　可一直以来她都没有告诉我，她其实是有男朋友的。

一次，在回公司取文件的路上，我看到她被一个男人牵着，当晚我迫不及待想听到她的否认回答。却得知，原来她一直都不是单身，她是这样回应我的："你好像没有问过我吧。"

是的，我没有问过她有没有男朋友，但我觉得她三番五次地吊我胃口，我提及过单身的字眼她并没有否认，这是我最反感的一点。那我们之前的好算什么？当时我有点生气，觉得自己的感情被玩弄了。为什么她总找我聊天，总跟我说一些她自己的事，难道这不是一种暗示吗？让我多了解她，好做进一步准备。还经常给我买饭，当时我都觉得眼前这女人是嫁定我了。

最近看了一篇文章，说不是每个跟你聊天的人都喜欢你，我瞬间就懂了，对她没了过多的责备。也许真的是我自作多情吧，一个男人不应该这样跟女生计较。我就是过于在乎这份自以为是的感情，真相却是我一厢情愿了许久。

但是，准备放弃的念头在前几天被打破，她发朋友圈说自己跟男朋友分手了，那一瞬间，我心里揪得很，于是我主动找她聊天，又听她说了很多，于是我做了件破事儿——乘虚而入。

我说："我喜欢你很久了，我一直都觉得你也对我有点感觉，只是面对男友不好做出格的选择，那么现在我们在一起吧，忘了他。"

她说："你误会了，我才没有喜欢你。"

当天我用小号加了她，想借着同事的名义跟她说说话，毕竟僵持着不是办法。面对她的拒绝，我想不明白自己的判断怎么会错得这么离谱。

加她后我发现她已经删掉那条说分手的朋友圈。我犹豫了很久却怎么也憋不出一个字来，不管是安慰她的话还是自欺欺人的话都说不出口。我想也不要用小号骗人了，互不打扰，各自安好，这才是最好的决定。

于是我登回自己的号，无意间点开她的朋友圈，看见那条分手的朋友圈还挂着，我就奇怪，刚刚小号并没看到啊。为了解除脑袋里闪过的可怕怀疑，我请求一位朋友截个图给我，看看她当天的朋友圈是什么。

图截过来的时候我特别不愿意去相信这个真相。我猜对了，大概那条分手的朋友圈只是发给我看的。又一次，我被这女人狠狠地吊了胃口，该死。

于是，整整两天我都没有像往常那样跟她说早安晚安，我要做回认识她之前的自己。没有人比我更清楚，我在她身上用心多久了。真相竟然是这人爱玩弄我，吊胃口耍耍而已。

今天下午，她问我怎么了，怎么杳无音讯，该不会是被拒绝后打击到了吧，开着玩笑跟我说了一堆，叫我别懊恼，感情这种事情勉强不来……可笑极了。

不知道她吊过多少人的胃口，对她虎视眈眈的人看到那条分手朋友圈的心情一定跟我一样乐坏了。我也不想去在意她玩弄的对象有多少位，都是假的，又何必还说一堆大道理给我听，以及让我想开点的废话？

于是我回应道："前几天你说我误会了，你并没有喜欢过我，现在我有答案了，我会自作多情，那都是因为你总吊我胃口。"

这段话我一口气打完发过去，随后说了句再见，把她从我的列表里删除了。

她并不知道，她是我这辈子从微信里删掉的第一个人，我第一次全心全意投入感情却被她伤害到的人，第一个让我陷进去的人。不得不说，我真的难受。

我不想去弄明白前段时间我们的好是怎么一回事，也不想再去记起每次她跟我谈心时傻笑的表情，更不想再去争取她对我的情感，哪怕是一丁点儿，真的不重要了，我已经不稀罕了。

这位曾被我喜欢过的人，对不起，我不会再让你有机会吊我胃口了，也希望，若你有男朋友，别轻易接受别人的好，再见。

世人皆知我们相爱的风景

因为我老了，所以你爱别人去了吗？

推开窗，外面雨夹雪，渥太华最近的阳光很吝啬，总是躲躲藏藏。我刚把舞蹈服换下，身体因练舞出了许多汗，整间舞室只听得到我一个人的呼吸声。

原来，没有搭档的陪伴，这里是那么空荡，留我独自一人日复一日在这座寒冷的城市，练舞练到身体发热至疲惫。

已经两个月了，你取消关注我的脸书将近两个月了，从你说你交女朋友到现在也已经两个月了，我不断在追问自己，我们是不是出了问题。我不知道原因，或者是因为换了新的工作环境，或者原本就是花心的年纪，我不应该多想什么，向来你都是如此。

可直觉告诉我，是我们出了问题。

感觉身体发凉，我穿上去年你送给我的红色大衣，戴起绿色的玛瑙项链，傻笑着，喃喃自语今天的第二遍："红配绿哦。"

"生日快乐。"下电梯时翻着手机看到你今天上午十一点发的脸书，女朋友的生日？配着一张飞机上拍下的城市夜景图，星光璀璨。你是回国了吗？带女朋友回家？我抓紧大衣袖子心中满是疑问，看着手表，那明天是我生日呢，心里发凉得难受。

"春节不回国吗？"前台玫玫询问我。一个留了二十七年长发的女人，从小就学习舞蹈，一头大盘发艳丽无比，到这里却只做着一份前台工作，每天笑意盈盈地迎接培训学员，原本的一身好舞姿早已无人问津，她也从未多说过什么，我只是比较好奇，最初的梦想呢？真的受得了吗？

"回，我……等人。"后面的两字是我硬着头皮吐出来的，也不知道她下一句会如何挑衅我这个整天浑浑噩噩的人。

"好吧，我明天就回去了，到时候我不在了，你自己开门，注意安全。"显然，她没有过多为难我，只是一脸替我难过的表情，是啊，春节过后就要汇报演出，现在搭档还因拍拖四处奔波无影无踪，过去的双人舞冠军正在渐行渐远，说不定到时还会丢了工作，我没有看她，轻轻地点了点头回应，转身离开。

"Dolores！"她喊住我。

"嗯？"我望着她眉头微微一皱。

"My friend！Take care，my friend！"（"我的朋友！保重，我的朋友！"）她大喊着我们每次分别都会挂在嘴边的一句话，对于她刚刚的停顿我没多想。

"Yeah……"（"嗯"）没有特别大的情绪想跟她言语什么，就像在国内读书的时候我就说过不会与她成为好朋友一样，不是我戒备，是没有那种很强烈的信任感，为此，我打心底里感到很抱歉。

我撑着伞走在大街上，突然放声大哭，眼泪在风雨中透出快要结冰的凉让我感到疼痛。

"欧文你这个混蛋，我想你。"行人纷纷望着我，一个奔三的疯女人在马路上自言自语吼着中文，我迅速地在难过中挣脱出来，撒腿就跑，一心想走得越远越好。

是因为老了，还是孤寂过久，在那些念念不忘的承诺里，你发现自己被毫无保留地遗忘了，突然就难受起来。

于是，只想找个时机嘶吼一次，来换取心里一时仓皇的满足，再任性地逃跑。

红色大衣的无可取代，是我脱口而出的无奈。

"我们的舞娘 Dolores 一个人吃饭，好孤独好寂寞呀。"

我没有抬头，就猜出了是谁。关嘉四十多岁了，声音依旧充满活力，让人觉得舒服且好听。在国内主持界占了半边天的老关，却因为任课现代舞导致右腿不幸受伤，为此公司安排他出国治疗，竟让人无言以对，也因行动不便差点让他丢了两份工作。

"怎么，什么时候回上海，公司那边有召唤你吗？"两人傻笑，前辈受伤便赶紧抓住时机栽培新人，公司的做法让我俩露齿大笑，可现实就是这样，谁会注意你的鹤发童颜，更别说什么宝刀未老，新鲜感永远是赢家。

其实最孤独的人是艺术家，正因可以承受比常人多的寂寞和冷遇，他才成为高峰上的强者；并不是所有人都有足够的毅力耐寒抵冻。

当然，我不是什么艺术家，我只是孤独，因此刻思念一个男人的处境，被自己苦笑了一番。

"你有在听我说话吗？ Dolores，你……还好吗？"关嘉拉回在思绪中恍恍惚惚的我，慢慢坐在对面的座位上。

"最近状态不太好，可能练舞没练好吧。"说出这番谎话我都觉得羞愧，这不应是此时该有的情绪。

"也老大不小了，男朋友都没有，三十岁啦，还不赶紧把自己嫁出去，别像我……"关嘉的声音戛然而止，大笑起来，接过服务员手中的餐牌。

"你养我啊……"话音刚落，关嘉停住笑声，望着我，又继续傻笑，像个大男孩。

"几年前不是让你去温哥华工作吗？那里华人多。在这里会比较陌生，还习惯吗？"

"在首都其实挺好的，没关系。"

"Dolores，我想跟你商量个……"响起的熟悉的手机铃声打断了关嘉的话，我示意地点点头，接起电话。

　　是我很不喜欢听到的消息，电话那头告诉我，双人舞汇报演出要做最后一期集体排练。我捏着隐隐作痛的眉心，心中焦急万分，与关嘉说了再见，匆忙地离开了餐厅。

　　走出餐厅的大门，大脑在放空，我慢慢撑起伞，冰凉的手在风雪中瑟瑟发抖，在结了冰的地上，每一次抬脚都变得小心翼翼，手机在红色大衣口袋里被我抓得很紧。

　　"Dolores！"回头看见关嘉在餐厅门口向我招手，他总是像个大哥哥一样照顾着我，许是又要叮嘱我注意保暖。

　　"看你总是穿着一件单薄的大衣，我给你挑了一件羽绒服，希望你喜欢，生日快乐！"

　　我愣了，生日？我看了看手表，左手紧紧地抓着大衣袖子。

　　"谢谢你记得我的生日，明天也没打算怎么过，我不喜欢热闹。还有，我觉得……红色是我的幸运色，可以在这世上最冷的城市遇见我最想念的人。"

　　大概是真的太想念那个人，我竟然把内心的想法完完整整地说了出来。这大概就是人的弱点，有些东西一旦超出了承受范围，便会毫无保留地抛出来丢给其他人。

"你这番话让我变得紧张了。"关嘉傻笑着掏出口袋里的小盒子望着我，"Dolores，我一个四十多岁的男人，原本我是想跪下来向你求婚的，让你嫁给我，也不打算在意别人的眼光，可是我刚刚才知道，原来你心里一直有人。"

我有点慌，上一口气还没喘好，就被这么一番话堵住了。

"Dolores，我希望你不要介意我离过婚，让我照顾你吧。"关嘉疯狂得让我觉得自己压根不认识这个人，原来一个人再成功，只要他气场一弱下来，你就会发现，这不是你想要的男人。

我把戒指和衣服都推回到他手中，慌乱中淡淡地回了他两句话：

"关嘉，我心里有人，还有，我也离过婚。"

没有期待下的惊喜，除了热泪盈眶，也有难受。

回到居住地，靠着门整个人滑落下来，第二次被人求婚，没有初次的紧张，最近太累了，仅仅剩下疲惫。糊里糊涂闪婚又闪离，年轻真是疯狂，可我现在难道老了吗？我跑进洗手间望着镜子里的自己。

　　"真的老了吗？连脸红心跳都没有了吗？"我摸着自己的脸。

　　"你可是舞娘 Dolores，快三十岁就要老了吗？可我才二十九呢。"此刻脑中浮现的不是刚才向我求婚的关嘉，而是欧文，看来，我的想念已经到达顶端，该死的欧文，又是你！

　　电脑里许多封中午从国内发过来的邮件，还有妈妈在 MSN 上呼过来未接听的视频，望着手表，现在北京时间天也快亮了吧，我看着绿色的图标亮着，呼了视频过去。

　　"我的母亲大人啊，你又通宵工作吗？还在线呢！"

　　妈妈在电脑前直呼哥哥和爸爸过来，只见他们戴着寿星公的帽子，捧着蛋糕唱起了生日歌，我也跟着一起唱。家，是最好的避风港，可我最近却为了一个搭档搞得自己浑浑噩噩，真是不孝。

　　"妹妹，生日快乐啊，本来昨晚就准备好的啦。你应该是出去工作了，妈她可是等了你好久呢。"哥哥还是那么调皮，抢着话筒讲话，我似乎意识到了什么，有短时间的呆滞。

"对呢，北京时间都是我生日了，哈哈，以后就别等我啦，时差呢。"我看着手表，哥哥还很大声地嚷着我二十九周岁了，过年就虚岁三十了。

我龇牙咧嘴吼回去："虚岁，我不要！小女未满三十，望大哥开恩。"

一家人配合我的时差说自己要出去工作了，哥哥还嚷着今天太阳很大，家人时常待在南方没有见过大雪纷飞的样子，追问这座时常下雪的最冷的城市有没有让我不适。

他们似乎都忘了，我喜欢寒冷，喜欢冬天。

那时工作上安排我出国还让我尖叫了一番，不仅仅只是因为这有无数场大雪，我很清楚地知道，加拿大是我梦寐以求想去的国家……

关掉视频那一瞬间我泪如泉涌，开始疯狂地翻着欧文上午发的脸书。

"原来那句……生日快乐，是对我说的。"国内与加拿大的时差是十三个小时，原来我们一直都在想念彼此，只是不愿意见面，什么都没说。

欧文，你也想我，对吗？我喃喃自语，把头埋在大腿上。

门铃响得特是时候，我悠悠地站起来擦掉眼泪，走到门前，准备开门的手停在半空，我屏住呼吸，紧闭双眼用力地打开门。

睁开眼望着差点被我吓坏了的送餐员，心里是无边无际的失落与尴尬，今早订了餐，却失魂落魄跑去了餐厅，还遇到了更让人尴尬的事情。求婚？我也是醉了。

送餐员道了谢便离开，我把一大盘比萨放在一旁，望着天花板，起身，出门。

太过期待的事情往往会在下一秒落空后让你陷入绝望，就像又一次被毫无保留地遗忘，除了难受，一无所有。不过，反之，只有在没有任何期待下，你才有可能被惊喜到。

"看风景的人在桥上等我。"欧文的声音在远处传来，这一次，我整个人更难受了。

看风景的人在桥上等你，在许多场大雪的黑夜里。

该死！眼泪流得竟说不出话，再不停下来我就要哽咽了，我掐着手心，努力让自己止住眼泪。

"想我吗？"欧文还是那样，一副高高在上的自以为是，就像去年他很骄傲地说自己是与众不同的贵族，一样惹人讨厌。

"明天要做双人舞最后一次排练，听说你把这么大好的机会推掉了，明天好多国内国外的用人单位会出席观看，那……"

"我自己一个人去跳吗？"收住眼泪，恶狠狠的一句话立马把欧文堵死。

"没有呀，我会到场。"一如既往的自以为是到底要什么时候才能停下来，疯了吗？我很想朝他嘶吼。

"你真是太相信我们的默契了，两个月没有练舞，直接去丢人吗？还是说，你以为我是超人，会变身？"我过激的情绪影响了我们，导致一见面就吵架，就像过去两个人互相嚷着还没解开的误会，各自埋怨，我太讨厌这种幼稚的争吵方式了。

后来我才明白，即使我们都到了该成家立业的年纪，也偶尔会像年轻时候爱闹闹别扭，因为在那时候，我们都错过了很多想要做的事情。

"对不起，就像过去，我多想了，所以我自己跑回国内了。"我总会被欧文的道歉击溃。

当一个人总是以一副无所畏惧的样子出现，听完你嚣张地宣泄，最后像只小绵羊似的道歉，所有的怨言都会烟消云散。

两人在桥上站了许久，聊着过去吵过的架，这次不一样的是，不再是我厚着脸皮去疑惑地问，我们怎么了。而是欧文自己选择出现，是我们都老了吗？还是两个彼此相爱的人根本做不成搭档，可我很清楚我只是很想很想和他腻在一起，事业和兴趣上的执着让我们习惯了彼此，即使他曾喜欢过我，那也是曾经。

"我不会因为你交了女朋友而远离你，祝福你们，我们不要再掉入感情的陷阱里影响默契，是我一个人太久，就像一个闺密结了婚一样，同样会不舍，于是很想你。"我开始聊起感情，我想我应该没有口是心非，至少，说这番话的时候并没有很难受。

"可我会，就如我从你伙伴口中得知你在跟关嘉交往时，我难受地回了国。"我没有说话，过去种种对自己伙伴信任感欠缺的直觉都说得通了，我以为是自己多想了，还为此感到很抱歉，真可笑。

"在想通一切后决定找你，不巧还在昨晚目睹了一场未交往就求婚的事件，我突然发觉自己真是高估了关嘉，不过话说回来，实在是搞不懂女人，真是莫名其妙，爱无风起浪。"

夜很黑，还下着雪，在桥上的路灯下，我很清楚地看见欧文眼里飘着泪光，让我也伤神地红了眼眶，一边望着他，一边感叹着，我也明白，欧文指的女人是谁。

"八年了，从你还是一名大学生到结婚又离了婚，我连女朋友都没交过，只偶尔花天酒地去玩一下！"他望着我，不再像过去紧张却还装作泰然自若的样子，眼神里透露出的从容不迫让我恼火。

我们默契的展现，让我哑口无言。

"我们都在彼此想念，只是闹着像过去一样的别扭吗？就像在国内工作一样自以为是，什么都没搞清楚就责备我，远离我，最后两个人张牙舞爪地笑着自己太傻，还去泪流满面？那些过去我不要再重复了！我们不是小孩子了，无理取闹什么的真是够了，说好的搭档呢。"一口气让我差点窒息，只因把闷在心里的话都完整地吐出来了，因为莫名其妙消失的人没有咄咄逼人的特权。

欧文脱下绿色的棒球外套，将外套搭在桥的栏杆上，他裹着黑色的打底衫，我这才注意到他身穿舞蹈裤，有备而来。欧文伸出左手朝向我，旁人都停下脚步瞧着鞠躬等候我的他。

"Will you give me the pleasure of dancing with you?"（"你愿意和我一起跳支舞吗？"）他想用最好的方式结束这场无休止的争吵，以展现我们的默契。

我望着行人的目光，配合他脱下了红色的大衣，在大雪纷飞的夜色里，在灯光萦绕的桥梁上，在焦点齐聚的人群中，笑着接受了这个男人的邀请。

原来在双人舞中，默契并不是心中有节奏，完美演绎无须音乐，而是一人依托给对方的信任得到最好的表达。

渥太华很冷，可我在欧文身上感受到了这座城市最温暖的热情。

回去的路上欧文走得很慢，纠结着什么，早之前就在他身上闻到了淡淡的香味，是去年摘下双人舞冠军当天我送给他的Givenchy香水。他的脚步开始变快，环绕着我走，各种撒娇各种卖萌，丝毫没有一个男人三十岁该有的成熟稳重。

我知道，他是试图让我忘掉这两个月的不愉快，补偿我独自一人在桥上看风景的凄凉，他兑现了过去我曾说过的惩罚，再无理取闹远离我就要在大马路上与我共舞，不管时间地点，一见面便要回馈。到今晚我才发现，这哪是什么惩罚，完全是满足他骄傲作秀。

　　"是我太紧张你，是我多想了，我不该一次又一次从别人口中去了解你，就像你很早以前就说过，有什么疑惑直接问你。"欧文的话让我停下脚步，是啊，从别人口中去得知一个人的消息是多么可怕，没有人比当事人更清楚事情的来龙去脉。

　　再说了，带着侥幸心的人会为了自保而无风起浪，许多人的关系变得越来越不好，都是因为别人的一张嘴，你为何那么轻易相信别人，你忘了你说过自己最信任的人是我吗？

　　"你是不是又在心里对我说了许多话？"欧文近距离地望着我，这一举动让我意识到他刚刚说的第一句话——是他太紧张我。

　　"不对，就只是问了一个问题呢。"我回应他的眼神，在他的瞳孔里看着自己的脸。

　　"说说看。"他没有移开视线，等待着我的回答。

　　"我在心里想……都三十岁的男人了，你怎么还是那么闷骚。"

我撒谎了，话音落下的同时推开了他。

"Dolores……"在这个世界上，只有欧文才会把这个名字叫得那么温柔而有韵味。

我知道每一次他念完这个名字后，都有意味深长的话紧接而来，正当我停住脚步背对着他，等着他认真地跟我细说时，却因他一声尖叫我回过了头。

"哈哈哈！"我忍不住狂笑，他又一次被这里的斯芬克斯无毛猫吓到了。猫主人笑着道歉，抱起了跑出来的猫，加拿大的无毛猫像苍老的小孩，看到它的第一眼真的觉得瘆人，但它与别的猫不一样，很稀少，忠于主人，表情古怪又可爱。曾跟欧文商量过养一只，为此他也嚷了好多次：我拒绝，我拒绝。

我们想借着身份和好如初，却被事实灼伤了双眼。

伴随着渥太华时间，迎来了我今年最后一个十位数是二的生日，到这里过生日，我觉得自己比别人的幸福多了十三个小时。

欧文没有过问我关嘉的事情，在那个雪夜里目睹得已经够清楚，而我也没打算去弄明白他过去两个月里的花天酒地，那些频繁发在脸书上的床照的真假，以及离开那天留下他交了女朋友的气话，真的无关紧要。他是我男人，只要这个男人记得回家，不与别的女人玩出真感情就好。

　　可他只是我的搭档而已，虽然我们都不知道彼此以后会不会成家立业，与谁结婚生子，可至少在当下，我们是工作上的搭档，是目前分不开的个体，那就借助目前的身份，无所畏惧下去。

　　年轻时错过的东西，在这个懂得阅人的三十岁左右任性一把吧。

　　彩排当天我遇见玫玫，她在化妆室与一名中国男子聊天，原先走在我身前的欧文被我一把拉住，我示意他到外面等我。

　　"玫玫，不是回国吗？"背对着我的玫玫还没转过身来时，男子看着我的眼光带着挑衅，上下打量。

　　"你不是说你不来吗？今天来自己跳吗？"玫玫转过身来，语气没有昔日的平静，显得暴躁了一些。

　　"什么，她是Dolores？那……那我们今天是没机会跳了吗？"男子的话让我感到疑惑，玫玫很是平静地望着男子。

"是啊，你回去吧。"

"你耍我！"男子为自己空欢喜一场发起了脾气。

"我们一起走吧。"玟玟拿起梳妆台上的手提包，迈步往前走。我一把抓住她的胳膊，昔日一幕幕待我友好的画面在脑中浮现，让我流连忘返。

"所以我的出现让你很失望对吧？"抓住她胳膊的力度随着音量加大，"你那么热爱舞蹈你直接说啊，连说都不敢说，凭什么说自己热爱它！从来都不去争取过丝毫就想得到，还张牙舞爪地闹，不觉得羞耻吗？"

我一点都不介意她要取代我或是为此欺骗我，因为打从一开始我对她就没有信任感，投入的感情也不多，因为最初不够在意，现在倒也无所谓了。

我向来不敢过多相信别人，就是不希望遇到今天这种局面时我还要难受地哭着说她伤害了我，那也真是太可笑了。

我的事业可以给任何人挥霍，要就拿去，我一点都不稀罕自己今天的成绩，那些在舞蹈上的满足和快乐，通通都是欧文带给我的。这些话我没有说出口，我不想让任何人知道我的软肋，不想让别人抓住我痛处后一次又一次找机会抨击我。

"没有把你铲除才让我觉得羞耻，我学了那么多年的舞蹈，凭什么说给你就给你，让我整天守着前台接待客人，我真是受够了！那你弃掉今天的机会留给我这个荣誉，以表示你的大将之风啊！"她不明白舞蹈的起源，也不配拥有一个舞者的风范，死性不改的傲慢让我备感失望。

"所以，就连向欧文无风起浪，说的那些谎，也是为了筹备今天的取代吗？"我望着她，问出了我最害怕知道的问题。

"取代？不！没有你，这所有东西都该是我的。"一箭双雕，也让我听到了最不能接受的回答，到底是事过境迁，物是人非，还是这个人一直都备着虚伪的面具。

"你要做什么，随便，别影响我的朋友。"我的表情淡淡，"朋友"两字连自己都觉得刺耳，说出的一刹那我后悔了。

"朋友？说得多忌讳，全世界都知道你们相爱，你不要再骗自己了。"玟玟大笑起来，陌生的面孔甚是可怕，"你们两个都一样，冲动可笑！不过可惜了，欧文没有学你当年那么幼稚闪婚，可现在你们两个人都三十岁了吧，也不可能还像你二十出头那会儿那么疯狂。我只不过扇了点风，骗你说欧文要跟别人结婚了，你倒好，当天就跟一追过你的男人领了结婚证，自己丢人就算了，还把旁人牵扯进来，你以为欧文还会看上你这个离过婚的女人吗？他爱你的时候你去跟别人结婚了，呵呵，你们现在只是工作上的合作关系，迟早都要散的！"

伴随她的笑声，我说了一个字："滚。"

余光看见欧文木讷地站在门口，我捂着胸口蹲下来，疼痛侵袭，让我以为自己快要死掉了。原来我终究还是不够铁石心肠，一提及那段不堪，心还是会痛得很难受。

嫁为人妻本应当是一件很幸福的事，在我身上却变成了一个抹不掉的笑话。

我是真的坚信，我和欧文会依托身份和好如初，外界的言语是他们自己胡说八道的自由，与我无关。

变成了世上最难绽放的微光，一切都是我不够勇敢。

记忆犹新般持久，我还很清楚地记得，与沈祈办理离婚手续的当天，我当着他全家人的面跪了下来，以表示我没有出现在婚礼上的过失，我很遗憾地知道自己怎么也无法弥补这段感情上的欺骗，哦不，是婚姻。

他母亲很大力地扯着我的画面也历历在目，她说："你的心是结了冰吗？"

我一直想要出国，很喜欢加拿大的首都渥太华，因为我知道，这是我心中最冷的城市，我也想忘却过去，可记忆不是剪纸机，我需要很长很长的时间来缓冲，那么，在渥太华，再合适不过，我真的希望自己可以冷到结了冰，大概以为这样就可以忘记一切伤痛了吧。

我也曾幻想过无数次，在二十一岁的那年，若我没有结婚，现在我和欧文是不是已经走在了一起，那时候我还总是挑衅说，我觉得跟他接吻会别扭，因为我对他没有爱情的向往，可说那番话的时候我还很小，分不清自己是口是心非还是别有心思。

欧文，你不知道吧，连我自己都不清楚我是什么时候对你有了感情，梦醒了，我才知道自己多么痴情，多么爱你。

全世界都知道我们相爱，是我不够勇敢，是我甘愿做微小的光，也不愿成为你事业的累赘，直到后来在双人舞中我们展现了最好的默契，还有那些你突然消失的日子里，我才知道，我很想你。

回到居住地，我打开门后，欧文后脚追逐，一把将我拥入怀里，我用了三秒时间喘息，想要挣脱这身子下的力度，他在我耳边轻轻地喊着我的名字。

"Dolores，你……爱我。"一句话让我陷入迷惘，我竟惊慌失措。

"Dolores，你爱我。"轻轻的，又一声。

我们打破了夜的宁静，用最好的拥抱诠释了爱情。

右手上有刺青的男人

他命里的另一道亮光——陆弥生

消失的人终于回来了

"痞子就是痞子，不是每个少年都像小说里刻画的那样阳光或冷冽。"

陆弥生自言自语道，窗外的雪下得正大，任凭它落到自己的长发上。

三月 C 城下的一场春雪，很衬她今天涂的口红。

"他说他没有见过雪。"

这是陆弥生说出的第二句话。

此时此刻，她坐在 C 城东二环某楼盘销售的办公室里发着呆，手上捧着一杯已经凉掉的茉莉花茶。上午接过陈凉秩的一个电话后，她整个人就瘫在这了。

自从陈凉秩凭空消失以后，除了一条他在一场打斗中丧命的消息，便再也没有其他说法，而今天上午的一切都来得太突然，陈凉秩挑衅般的一通电话让陆弥生陷入慌乱，无言的自责与羞愧围绕住她。

电话里，他伴着笑声从容不迫地说："回来的那天晚上我好像看到你哥和你，我在公交车上看着你笑得那般灿烂，好久不见，陆弥生，你过得不错啊。"

他停顿了一下，想要结束对话，却深吸一口气后又补充了两句："明天晚上我们见个面吧，九点零二分，老地方不见不散。"

她连说话的权利都被彻底剥夺了，电话里传出挂线后的嘟嘟嘟声让陆弥生握紧了拳头。

那天夜里她连夜回 C 城，心中焦虑不安，像要发生什么事，原来，是消失的人终于出现了啊。

从她追问严伟琛那一刻起，所有真相都被狠狠地揭开，她已经没有任何拒绝的理由。

他命里另一道亮光——陆弥生

2008 年，9 月 30 日。

医院里，刺鼻的消毒水味弥漫在整个病房，躺在病床上的陈凉秩醒了，疼痛感袭来。

"你不要乱动，刚给你处理好伤口。"

陈凉秩扫了一眼戴着口罩的护士后皱了皱眉，护士轻轻摇晃点滴管，边调整速度边说：

"是没开过车吗？才二十岁呢，有没有驾驶证啊。"

分不清护士是在责备还是吐槽，竟然还没完没了了。

"喝大了啊？这撞车技术专门练的吧，找死啊？撞人家大型货车上，把人家司机吓坏了，还好没送命，难不成被女朋友甩了，有心寻死啊……"

"你出去吧。"这是陈凉秩说的，也是陈凉秩对陆弥生说的第一句话，他的语气并没有很重，散着犹如香草味咖啡的香醇。

他实在受不了这白衣女人，什么都不知道还瞎嚷嚷。而作为护士，对待病人却像兄弟一样，更惹来陈凉秩对她的轻蔑。

但当护士扯下口罩，说："我见过你，我叫陆弥生，我是严伟琛的妹妹。"

这才弄明白她是在责备自己把她哥哥的轿车撞坏，这情况下还想着轿车，亏她还是个护士，陈凉秩突然傻笑起来。

陆弥生熟悉的声音在陈凉秩耳边回旋，想起上学时在严伟琛家里见过她，那个细心帮哥哥涂药还被责骂的女孩，那个追随母亲再婚后改了姓氏的女孩。

陆弥生，一个天性温暖的女孩，遇见她，是陈凉秩生命里另一道微光。

他像一条快要死掉的鱼，奄奄一息。

后来陈凉秩告诉她，受伤的当天是他的生日，还说："你是我这二十一年来，最好的礼物。"

让原本在医院里看过许多病人去世都坚定不哭的她，落了泪。

严伟琛是陈凉秩的好哥们儿，他父亲常年在外地做楼盘销售，收入不算差，偶尔还会有一笔大钱，这也使他在读书时期就养成了花钱如流水的坏习惯。

陈凉秩在他的介绍下，辍学做起了楼盘代售，为了维持家里的生计，以及得到陆弥生妈妈的认可，他拼命赚钱。既然陆弥生的母亲再婚是因为嫌弃一个男人在物质上满足不了她，那么，他必须在这点达到要求。

他唯一能够做的就是，挣钱，然后，娶她。

2010 年，10 月 9 日。

陈凉秩在 M 城某大厦的顶楼拨通了陆弥生的电话，通宵工作后的他一脸疲惫，像一个懵懂的小孩般问出这句话。

"你爱我吗？"

电话那头的陆弥生没有说话。今天是他的生日，她不但没有来，还用一条忽悠人的简讯分了手。

想到这，陈凉秩的态度开始转变，歇斯底里地咆哮起来："为什么你没有来？！"

"爱过，但是现在不爱了。"

陆弥生回答完上一个问题后挂了电话。

她接受了母亲给她安排的订婚，她的决定取决于母亲那句诱惑性的话："没有金钱何谈幸福？就像我跟你爸一样吗？"

站在顶楼的陈凉秩开始对着墙壁宣泄自己的不满情绪，左手用力地捶打，不顾掌指关节开始红肿。直到整个左手因捶打过重开始麻痹，他才慢慢地坐下来，躺在地上，看着天空，像一条奄奄一息的鱼，从轻轻地喘气逐渐到悄无声息。

消失，是他最后的诠释。

扎根了，她是他的软肋。

严伟琛父亲在前妻陷害下被告亏空公款，楼盘销售的公司倒闭，员工四处追讨工钱。

怒火像恶魔般缠着严伟琛，他想要平息一切动荡，带着怨气与一群社会青年绑架了母亲的再婚对象，并要挟他讨了一大笔钱后将其杀害，惊慌失措的严伟琛清醒过来，打通陈凉秩的电话后痛哭：

"凉秩，我杀人了，怎么办，我是不是要坐牢了？我坐牢了父亲怎么办……弥生没有我会不会被人欺负？……"

提到"陆弥生"这三个字，陈凉秩已听不进去任何话，她是他的软肋啊，陈凉秩没有说话，陷入呆滞。

找到严伟琛的时候，他躲在自家房间的衣柜里。

"今天是我的生日，你杀了人，是想把人头送给我吗？"陈凉秩摸着严伟琛的脑袋傻笑，这情况下他竟然还能笑出声。良久，他拍了拍严伟琛的肩膀，说，"拿好勒索的钱跟你妹妹好好过日子去，没事的。"

所有一切最终以沉默结束，那天晚上陈凉秩从严伟琛家里出来后，走进了刺青店，在右手的手背刺上了陆弥生的名字。

第二天，陈凉秩一个人自首去了，他自以为是抛开了家人和一切原有的初衷，以故意杀人罪判了三年以上十年以下有期徒刑。

严伟琛一个人躲在房间里看着新闻，即使照片里的陈凉秩打了马赛克，但他还是一眼认出了自己高中时期送给他的那件灰色潮牌卫衣，电视里的他用受伤的左手紧握着右手，低着头。他比任何人都清楚，陈凉秩是因为自己和妹妹，才背了黑锅，他沦陷于无尽的自责中，在自己的房间里开始痛哭。

而对妹妹做出的解释，严伟琛是这样说的："他追随一群社会青年去游玩，在一群打斗中丧命了。"

这是严伟琛去探望陈凉秩时，他委托的原话。

他疯了，归根结底，是不想她等他，其二则是瞒着她哥哥杀人的事情。

探监当天，严伟琛才注意到他的那双手，左手上狰狞的疤痕以及右手显眼的"陆弥生"这个大名的刺青，严伟琛竟在陈凉秩的面前哭得稀里哗啦。

第三个好久不见的问候

出狱后的陈凉秩来到八年前来过的刺青店，发现老板已两鬓斑白，让儿子接生意了，陈凉秩不禁感慨，原来都过去这么久了。

"叔叔，好久不见。"

这是陈凉秩对外界的第一声问候。在认出陈凉秩后，叔叔没有追问他去哪了，回应了一句好久不见。

细听陈凉秩对腰间文身的要求后，叔叔看见了他腰间的疤痕，淡淡地说："文身，虽然身上的刀疤遮住了，但有些疼痛是忘不掉的。"

刚进监狱时免不了被人欺负，还留下了不少伤疤，最严重的是腰间处，可陈凉秩已经习惯了。

那些忘不掉的东西会慢慢褪色，然后变得不再重要，未来的路还很长，我一定会看到追随途中透出的光。

"好久不见，凉秩。"

严伟琛电话里的兴奋藏着多年未散的自责。

"好久不见，伟琛。"

自从严玮琛被从探监名单上划掉，他就再也没有见过陈凉秩了，严伟琛带着懊悔下定决心挣钱，独自翻回父亲垮掉的房产生意，现在混得有声有色。

过去时常想运东西进去给陈凉秩，生怕他吃不好穿不暖，在里面被欺负，也试图通过金钱买断一切作为弥补。

得知他出狱后，他给陈凉秩留了一辆轿车和存款。

当陈凉秩对着 ATM 机看着账户的余额时，发现时间过得太快，他错过了很多东西，如果当年他不穷，没有太多压力和恐惧，就不会轻易放弃未来，严伟琛也就不会为了替他隐瞒真相而痛苦。

陈凉秩在电话里缓和他的心情，并试图安慰他："所有事情都过去了，我只是在外地工作回来而已。"

"去见见我妹妹吧。"这是严伟琛的最后一句话，他没有说，其实所有真相都已经摊开。

陈凉秩突然很紧张，经历过这一切，他只想知道，她过得好不好，没有过多的贪婪。

破晓，一切归零。

陈凉秩没有忘记在入狱前一天，陆弥生的分手简讯。原本他想追问，不过细想这已不重要，他只不过是一个说消失就消失的男人。

陆弥生早早来到约定的地点。

远远见到陆弥生的时候，陈凉秩故作淡定，正要走向她，却注意到她穿着光鲜亮丽，无名指上还戴着一颗大钻戒，他站在原地迟疑着。她终究还是找到了归宿。

　　陈凉秩望着她，开始傻笑起来，他没有再走过去，而是轻轻摇了摇头，替严伟琛入狱，是他甘愿放弃自己的选择，没有后悔一说。可他却没想到，这没有告别的离开，让他彻底回不去了。如果一切让他重新选择呢？想到这里，他绽开久违的笑容，把右手插进口袋。

它是黑夜在行走时散落的歌词，

它是爬过悲伤脸庞的七星瓢虫。

我喜欢数字 7，

所以第七章以这种不一样的方式送给你。

Chapter 7 夜的第七章

今夜一曲，唯有一言：
你是否曾想过要见我，
这时隔多年有多寂寞。

我不怪你没有一丝感动，

正如你不懂我的言不由衷。

终究不能幸免仍然要与你道别，

可千万别说出那句无意义的谢谢。

忘了从前是谁说要与我一同看烟火，
如今却留我一人难受着躲在角落。

既然爱过你就没有理由再懦弱，
可为何你离开后我还如此执着？

当年把我哄得如此雀跃，却又离开得那么决绝。

你我命里无一或缺，就是彼此亏欠了一场春雪。

在那些看不清世界的黑夜里，

每每一想到你，

我都会变得格外勇敢。

夜深了，

晚安，

wanan。